DESDE EL LUGAR DE LAS MEMORIAS DORMIDAS

Luisa Himiob Castañeda

Diseño gráfico y portada ALEXANDER CANO
Revisión de estilo SUSANA LASTRA

B-1774-16

Para mis hijos
Alejandro,
Mariana,
Gabriela
y Pilar,
y mi nieta
Gala.

AGRADECIMIENTOS

A mi hermano Gonzalo por su apoyo y entusiasmo por esta primera obra. A Yajaira Arcas, Alejandra Donnes, Susana Lastra, Gonzalo Febres, Susana Dao y Leila Tomaselli por sus acertadas y muy apreciadas observaciones.

EL ORIGEN DE LA HISTORIA

La inspiración de esta novela se la debo a dos eventos: el primero, la semblanza biográfica que hice de mi padre, en ocasión de la reciente reimpresión de algunas de sus obras. La misma lleva como título *Nelson Himiob Alvarenga, rebelde, escritor y diplomático* venezolano y recoge brevemente su participación en la Generación del 28 que reúne la actuación estudiantil en contra de la dictadura de Juan Vicente Gómez y los eventos que llevaron a la detención y prisión de los estudiantes de la Facultad de Derecho que la conformaron; sus años de exilio y aporte a la intelectualidad y letras venezolanas desde el año 1926 hasta el comienzo de su actuación como diplomático de carrera. Siempre fue coherente en su discurso y valiente en la proyección de los valores e ideales que marcaron los tres caminos de vida que le tocó transitar hasta su muerte en 1963.

El segundo evento fue la lectura de Seductores, ilustrados y visionarios de J.M. Castellet. En su relato de las relaciones de amistad que mantuvo con Manolo Sacristán, el primero de los seis personajes en tiempos adversos, Castellet cuenta que entre los muchos proyectos intelectuales que juntos soñaron, estaba Kinderland cuyo tema "era el de la reconciliación europea, una vez acabada la guerra mundial, a través de la amistad de un niño alemán refugiado en Francia con otros dos niños franceses".

Este proyecto nunca vio la luz, pero el tema me llamó poderosamente la atención, quizás también por asociarlo al concepto de "los espacios transicionales" que mi hermano Gonzalo, psiquiatra y psicoanalista junguiano, considera un valioso primer paso hacia la reconstrucción de nuestra Venezuela, país que está atravesando uno de sus momentos históricos más oscuros. Y no necesariamente por la debacle económica que vivimos, sino por la descomposición social que hoy forma parte innegable de la cotidianidad del colectivo venezolano.

Así, entre realidades y fantasía, se desarrollan las historias de Claudio Blanco y Santos Fermín, ambos venezolanos, uno pobre de solemnidad y el otro rico por herencia, distintos en gustos, estilos de vida y oportunidades. Ambos hijos de una madre común: la tierra milenaria de Guayana. Si bien es verdad que la musa hizo su primera aparición aguijoneada por el sello de la generación de venezolanos a la cual perteneció mi padre y por los niños nonatos de Castellet y Sacristán, los "criollos" de esta historia también son productos de una guerra, no entre países sino, más triste aún, entre un mismo pueblo.

UN SOLO GRITO

La sangre se extendía lentamente sobre la tierra seca alrededor de la cabeza del muerto. Los cuatro personajes que protagonizan la lúgubre escena parecen congelados en el espacio, como una película mal copiada que se atasca antes de comenzar a rodar de nuevo. Uno de ellos, el más cercano al muerto tiene el rostro y el pecho salpicado de sangre y todavía sujeta la pistola que ha terminado con la vida de Juan Pablo Fermín.

- ¿Pero, qué has hecho Régulo? ¡Ahora sí que la hemos puesto buena! Le espeta otro del grupo con voz temblorosa.

-Tremendo macho que eres. Mucho ruido y pocas nueces. Soy yo el que tengo la pistola en la mano y quien tuvo el valor de terminar con este traidor que no hacía sino joder. ¡Bien muerto que está!

Los otros dos mantienen su distancia, mudos ante el nefasto giro que ha tomado el altercado entre ellos y el difunto. De pronto los cuatro miraron con espanto el joven que se acerca corriendo hacia la escena del crimen.

- ¡Ahí viene Santos! ¡Corran! El asesino suelta la pistola, y como almas que lleva el diablo, salen corriendo.

Santos no parece enterarse. No sigue con la mirada a los fugitivos ni repara en la pistola. Tiene los ojos clavados en el muerto, en lo que queda de su cara, en el charco de sangre que continúa en su esfuerzo por impregnar la tierra dura e impenetrable sobre la cual yace su hermano, Juan Pablo. Se arrodilla a su lado y cogiendo la cabeza del muerto en sus brazos, mira al cielo. Pasan varios segundos antes de que un solo grito de dolor desgarrara la tranquilidad del campo guayanés.

A la misma hora, a 526 kilómetros de distancia, en Caracas, el grito de dolor de Claudio Blanco es de diferente factura. No logra dar con el origen de este desasosiego que lo embarga con frecuencia al despertar, pues al abrir los ojos las imágenes soñadas se diluyen sin poder retenerlas. Mira a la mujer que todavía duerme a su lado y siente que la ruptura no tardará; ambos conviven en un espacio de aburrimiento tal, que la separación se deslizará entre ellos un día cualquiera, sin mayor ruido. Llevan juntos apenas tres meses menos un día, pues ligaron la misma noche en que Claudio llegó a Caracas, durante la recepción de bienvenida que sus socios ofrecieron en su honor. Así pasan las cosas en estos tiempos, rápido, sin preámbulos y con expectativas de corto plazo.

Suelta un largo suspiro y recorre lentamente con la mirada el dormitorio de la suite; los muebles impecablemente pulidos, la combinación de colores pensada para ofrecer el espacio de tranquilidad que invita al huésped a volver. Le pareció curioso que, hasta ahora, nunca hubiese reparado en la decoración de las suites que había ocupado en sus muchos viajes por el mundo; todas tenían el mismo sello impersonal, carente de cualquier llamado emocional. Al fin y al cabo, lo que le interesaba era su funcionalidad y la eficiencia del Conserje en el cumplimiento de sus requerimientos. Hoy, sin embargo, estaba en ánimo reflexivo. Quizás debido a la "resaca" de ese sueño recurrente e incómodo que no terminaba de aclarar su propósito... o puede que en algo tuvieran que ver las fotografías –con toda seguridad, repetidas en el resto de las 160 habitaciones-, que representan el valle de Caracas con su cordillera protectora al fondo. Esta tiene un aspecto plácido, de atemporalidad, que en nada deja entrever la crisis y el descontento que aumenta exponencialmente en la población que se expande a sus pies. Esta no era la primera vez que viajaba a Venezuela desde que tomó la decisión de establecerse de manera permanente en los Estados Unidos, pero, por alguna extraña razón, sintió un inusual jalón de culpa por haberla abandonado.

Se levanta de la cama sin hacer ruido y se dirige al baño. Por un largo rato, se mira en el espejo que cuelga sobre el lavamanos. Todavía tiene buen porte, aunque una calvicie incipiente lo hace ver más viejo que sus treinta y ocho años. ¿De quién habrá heredado esto? Vagos recuerdos de su padre y de su abuelo paterno no adjudican a estos su escasa cabellera que, incluso antes de cumplir los treinta, ya había empezado a mermar. No tiene otros referentes pues es hijo único y de la familia por parte de su madre colombiana, solo conoció a la tía Marta. Arruga la cara al recordarla, flaca y estirada, incapaz de recibir o dar cariño. Pocas veces se permitía ahondar en su niñez y en los eventos que tornaron sus sueños infantiles en un espiral de tragedias, a raíz de las cuales comenzaría su peregrinaje de alma errante. Asombrado, sacude la cabeza ante su auto descripción de errante, pues siempre había considerado su decisión de hacer vida en los Estados Unidos atinada y hasta ahora satisfactoria y productiva en casi todos los sentidos; al menos esto creía tenerlo claro.

Las repetidas noches de largas horas y muchos tragos se evidencian en la hinchazón de sus párpados y en las ojeras que disimula con un maquillaje que empareja el tono de la piel, truco aprendido de su muy disoluta primera esposa. Más alto que bajo, se mantiene delgado salvo por una pequeña barriga que disimula bajo el corte perfecto de su guardarropa hecho a la medida. En traje de baño no luce tan elegante, pues la blancura de su cuerpo delata su poca afición por los deportes y falta de tiempo por otra cosa que no sea el trabajo durante el día y la insaciable atracción por el sexo femenino por las noches. Sus manos son grandes y los dedos largos, firmes en su resistencia a llevar anillos de cualquier tipo -especial fobia les tiene a las bandas de oro- aquellas que suelen tener grabado el nombre de una mujer en su cara interna. Pero lo más impactante de su físico son, sin duda, sus ojos –uno azul y el otro color miel. Tal fue su complejo por esta característica tan peculiar, que durante su adolescencia no salía de casa sin el lente de contacto castaño claro, a fin de evitar la burla de sus compañeros. Este complejo le duró hasta que se dio cuenta de que precisamente eran sus ojos uno de sus mayores atractivos para las mujeres, esto y su billetera, por supuesto. Con cierto grado de humor, piensa en la expresión de nuevos conocidos al mirarlo con extrañeza y evidente incomodidad sin saber a cuál ojo dirigir su atención.

En un intento por despejar estos pensamientos un tanto nostálgicos y poco pragmáticos, apresura la marcha. Va a ser un largo día de reuniones, un giro de timón indispensable para poner en orden sus empresas en el país. Por supuesto, que sigue las noticias sobre Venezuela desde Boston, donde se estableció hace dieciocho años, ha hecho su fortuna, se ha casado y divorciado dos veces. Recuerda su sorpresa al ver las caras de sus socios al recibirlo en el aeropuerto. Habían envejecido desde la última vez que lo visitaron hace escasamente un año. Los percibió frágiles; de vez en cuando echaban una mirada a su alrededor, mientras caminaban presurosos hacia la seguridad del vehículo blindado que los esperaba a la salida. Definitivamente, la realidad venezolana no se aprecia a distancia y en estos momentos pasaba factura convivir con ella.

Cuando regresa a la habitación escoge meticulosamente el traje que se pondrá y que le devolverá el envoltorio del empresario exitoso que es. Cristina habla por celular planificando sus propias actividades del día. Apenas le dirige la mirada, tirándole un beso al aire, antes de continuar la discusión que mantiene con algún colaborador. «Esto va para largo», pensó Claudio. No hace intentos de despedirse y sale de la suite, "afeitado, bañado, evacuado y listo para emprender el día", como le oyó decir muchas veces a su abuelo.

Claudio y sus socios tienen por delante un día complicado y Carlos Alberto Peña, consultor jurídico del grupo, había sugerido hacerlo en su casa, en torno a un desayuno criollo. Llega el primero y se impresiona con el buen gusto que denota el penthouse de su amigo y abogado.

-Es espléndida tu casa, Carlos Alberto.

-Sí, aquí hemos hecho milagros para armonizar los recuerdos y legados familiares de cuatro generaciones. Pero lo que más aprecio es esto que te voy a enseñar.

Carlos Alberto abre las puertas corredizas que dan a una gran terraza; la vista de la ciudad lo deja sin aliento. La realidad imponente de este Ávila -tan diferente a la cordillera representada en la foto plana e impersonal del hotel-, ícono y orgullo caraqueño, le ofrece a la ciudad un frente, mientras que su cara opuesta se desliza hacia el litoral y las aguas tibias que bañan su costa. La llaman La Sultana, quizás porque reina inmutable sobre este pedazo de geografía caribeña, sin juzgar ni aprobar las acciones del hombre. Se dice que los caraqueños que viven en el extranjero la extrañan tanto como a sus casas familiares.

A lo largo de la baranda, se encuentran adosados una fila de recipientes. Ante la mirada perpleja de Claudio, el otro ríe y le dice: "Ya verás, pronto llegarán, esto que vas a ver es una de las razones por las que no quiero dejar mi país".

Poco a poco, aparecen unas manchas multicolor en el cielo, rojas, verdes, azules y doradas. A medida que se acercan van tomando forma; son las guacamayas que aun vuelan libres por los cielos de Caracas. Una a una van aterrizando, mientras Carlos Alberto corta rodajas de plátano que les va ofreciendo. Ellas esperan pacientes su turno. Claudio observa el espectáculo en silencio. Su amigo va de ave en ave, cual sacerdote ofreciendo la comunión a sus feligreses. Solo después de haber terminado el ritual, retira la tapa de los botes para que las aves puedan picotear su contenido y saciarse... hasta el día siguiente.

- ¡Impresionante!

-Sí, que lo es. Puedo tener un día complicado por delante, pero este espacio es sagrado. Me recuerda que, sin importar las oscuras patrañas que podemos inventar los humanos, podemos relacionarnos con esto, siempre y cuando lo queramos ver.

-No te conocía esta vena de poeta.

-No sé si de poeta, pero así comienzo cada día. Es una de mis armas de supervivencia en estos tiempos que corren. Quise que nuestra reunión de trabajo y las decisiones que resulten de ella no se aislaran de este contexto.

Ya cercanos al mediodía, el grupo de empresarios disfruta de un último *guayoyo*, en un esfuerzo por suavizar los picos de tensión ocurridos durante la mañana en torno a la decisión de si cerrar o no algunas empresas. Claudio sujeta, más bien abraza con las dos manos, la taza que le transmite el calor del café humeante. Cuántas veces intentó resignarse al café americano, sin que jamás le llegara al alma. Por un instante, cerró los ojos y se vio en la cocina de su nana Teodosa mientras ella colaba ese café ligerito, que todo venezolano conocía como un *guayoyo*. Ha sido dura la discusión. Son siete los miembros del Consejo Directivo que dirigen las siete empresas que operan en Venezuela, cada uno responsable y comprometido con el bienestar y rendimiento de la organización a su cargo. Las opiniones en torno al futuro de las mismas van por caminos diametralmente opuestos, por momentos expresadas en palabras acaloradas que reflejan el miedo que se ha hecho presente en cada uno ante la enconada agresión del gobierno en contra de la empresa privada. Unos insistían en dar la pelea hasta sus últimas consecuencias; otros votaban a favor de cerrar algunas y así minimizar el riesgo de perderlo todo. Como presidente del Consejo, Claudio hizo lo posible por mantener la paz entre sus colaboradores y no faltó el amargo comentario de uno al replicar, "Nuestra situación es diferente a la tuya, Claudio. Tienes tus ingresos y estabilidad asegurados con la empresa que diriges en los Estados Unidos. Si bien esta forma parte del grupo, es jurídicamente independiente y el gobierno no la puede tocar. Para nosotros, esto es lo que hay, es todo lo que hay y el desconcierto que se ha adueñado del país crece a diario; ahora más con los rumores que corren sobre la enfermedad del presidente. La opción de cerrar algunas empresas nos afectaría gravemente... A unos más que a otros; nos dejaría al descampado." A lo que él respondió a su vez. "No pienses por un momento que no me duele. Juntos hemos cosechado logros y satisfacciones, luego de un camino que no dejó de tener sus escollos. Con todo, logramos sortearlos y seguir adelante... para llegar a esto."

Su ojo color miel se oscureció, lo que le sucedía cuando algún evento desataba en él emociones fuertes. Sus socios y amigos habían aprendido a detectar esta señal a pesar de lo pulido y ecuánime de su porte en situaciones difíciles. Ahora se dieron cuenta de que sus palabras de solidaridad eran sinceras. Por fin, luego de tres largas horas, decidieron cerrar las tres empresas que consideraron las más vulnerables. Claudio propuso que los miembros del grupo que pronto se quedarían sin trabajo fuesen integrados a los cuadros directivos de las restantes empresas. Todos dieron su aprobación; él se dijo que al menos esta decisión no tuvo objeciones. Si bien la sugerencia sirvió para distender un poco el ambiente, los tres ejecutivos afectados pensaban también en el recurso humano de sus empresas. A pesar de que obtendrían la liquidación que por ley correspondiera, la verdad es que quedarían en la calle. No les sería fácil, si no imposible, conseguir trabajo. La incertidumbre prevalecía en el ánimo de todo el empresariado nacional. Acordaron que las sobrevivientes a esta primera poda se mantendrían operativas pendientes de una nueva evaluación dentro de seis meses, o antes, si la situación del país continuaba empeorando.

De pronto, un camarero se acercó a Claudio para entregarle un mensaje. El segundo hijo de Teodosa, su nana guayanesa, ha muerto y esta lo espera para el entierro. "Si me permiten, debo hacer una llamada urgente." Se levanta y después de una corta conversación con ella para advertirle que tomará el próximo avión a Puerto Ordaz, le informa al grupo:

-Debo ir a Guayana para atender un asunto personal. Regresaré pronto. Ya saben lo que hay que hacer.

Regresa a la suite de su hotel y llena un pequeño maletín con lo que considera necesario para un par de días. Cristina no está y antes de salir para el aeropuerto, le deja una nota diciéndole que debe ir a Guayana por poco tiempo y que la llamará al día siguiente.

EL ENTIERRO

"...bienvenidos a Guayana". Los pensamientos de Claudio Blanco van por otro lado y apenas logra escuchar el final de la retahíla de información incomprensible que la azafata dice con voz monótona. Esta no esconde, en lo absoluto, la indiferencia que le inspira su audiencia y, en un intento infructuoso, pretende repetir lo mismo en inglés, para beneficio de los turistas americanos y canadienses que empiezan aquí el camino de los tepuyes y su aventura "a lo Conan Doyle".

Al bajar la escalera del avión Claudio queda envuelto, de pies a cabeza, en el calor sofocante de Puerto Ordaz. Se le empañan los lentes y por poco se cae en el último escalón de la escalerilla, dando un traspiés que frena la espalda de la monjita que va delante de él.

-Disculpe, hermana, de pronto se me empañaron los lentes.

-Tranquilo, hijo. Menos mal que no se estrenó en Guayana de bruces en la pista.

Estuvo a punto de contestar, "Pero, hermana, yo nací aquí. Soy guayanés". «¿Será que llevo tantos años alejado de esta tierra que ya tengo aspecto de turista?» Sus compañeros de viaje van sin calcetines, en shorts y con esas horrorosas camisas floreadas que consideran apropiadas para el trópico... mientras que él se derrite a pasos agigantados en su camisa de manga larga, corbata y chaqueta. En su prisa por no perder el vuelo, no se había puesto una ropa más adecuada al inclemente calor guayanés.

Le empieza a picar el cuello y la camisa la tiene pegada a la espalda, incluso antes de entrar en las instalaciones del aeropuerto. «Tanto apuro en acortar mi reunión, enfrentar el endemoniado tráfico de Caracas y llegar a Maiquetía apenas a tiempo para coger el último vuelo, todo para nada... casi dos horas de retraso.» Al menos lo consuela el haber optado por llevar solo un maletín en cabina, pues las caras de resignación de quienes esperaban la salida de las maletas, le dice que eso va para largo rato. En la línea de taxis, pregunta por Fortunato, el chófer que, según Teodosa, estaría esperándole en el aeropuerto.

-Anda por ahí tomándose un cafecito-, le dice uno que hacía de director de orquesta, distribuyendo los turistas a lo largo de la extensa cola de taxis.

Su mueca de irritación es tan evidente que el buen hombre sonríe y agrega: -Tómeselo con calma, compadre, que nadie se muere en la víspera.

Claudio pensó que el muerto ya está muerto y que solo con la intervención divina lograría llegar a tiempo para acompañar a su nana en el entierro de su hijo.

Luego de quince interminables minutos llega Fortunato tan campante y comienzan el largo viaje hacia Río Fuerte. El coche es un Impala del año de maría castaña y, no faltaba más, sin aire acondicionado. Mientras maniobra para salir del estacionamiento, Fortunato habla por el teléfono móvil. Claudio se quita la chaqueta y la corbata y se resigna a los insólitos contrastes de este pueblo.

La cháchara de Fortunato no parece tener fin, pero eso no le impide a Claudio sentir el impacto de esta tierra milenaria que de niño percibía como un tirón hacia las profundidades del Macizo Guayanés. Cierra los ojos y desde el lugar de las memorias dormidas, aparece la imagen de su abuelo, sentado en su mecedora en el corredor de la vieja casona, al caer la tarde. Las notas del Concierto No. 3 de Rachmaninov irrumpen en el silencio guayanés y el abuelo melómano repite que su tierra debía ser la hermana gemela de aquella Rusia que conoció de joven y cuyos vastos territorios parecían empujar las fronteras del horizonte.

Son casi las cinco de la tarde y el día anuncia su descenso hacia ese rito mágico y continuo donde la luz le cede complaciente el paso a la oscuridad. Llegan a Tumeremo y toman el desvío hacia Río Fuerte, pero al llegar al pueblo Claudio lo encuentra extrañamente vacío, con apenas alguna que otra luz de una intensidad más bien tristona que asoma desde los faroles, la mayoría con los vidrios rotos. La Plaza Bolívar, antes punto de encuentro para viejos y jóvenes por donde él se paseaba de la mano de su abuelo, que saludaba aquí y allá, le causa la impresión de un pueblo fantasma. Las calles sucias y las fachadas de las casas y negocios se suceden unas tras otras, pintarrajeadas con grafitis políticos, en algunos casos con dibujos obscenos.

Dejan atrás el pueblo. De pronto, el cielo se torna gris, el silencio se llena con el cantar de los grillos y el vaivén de las copas de los árboles que presagian el agua que pronto llegará. Los tonos rojizos de la tierra van perdiendo intensidad a medida que se aleja hacia el horizonte. Huele a tormenta; así es Guayana, abrupta en sus cambios de paisaje. Agradecido, piensa que al menos el gran río que circunda parcialmente los terrenos heredados de su abuelo Augusto Blanco, es el mismo de su infancia.

Los otros dos que, junto a este, fueron el origen del nombre de la hacienda Tres Ríos, se habían secado mucho antes de que Claudio naciera; riachuelos que le cedieron el espacio al más poderoso. Desde la estrecha carretera de tierra, a Claudio le parece oír el sonido de las aguas al chocar contra las piedras que intentaban, sin éxito, obstaculizar su camino hacia el río Cuyuní.

Por fin se adentran en la carretera privada que lleva a la hacienda. A Claudio le parece más estrecha y menos imponente que la que guardaba en su memoria. Al llegar a la explanada donde se encuentra la casona, lo que parecen motas de algodón flotando en el aire alrededor de la gran ceiba, se convierten en flores blancas –recuerdo de otros entierros- ofrecidas por manos infantiles al alma de Juan Pablo, el muerto que esperaba pacientemente la hora de su entierro.

Entre niños y adultos, Claudio calcula unas cuarenta personas que parecen suspendidas en el tiempo, hasta que su vieja nana rompe el hechizo y se adelanta a saludarlo con los brazos extendidos y los ojos chorreando lágrimas.

-Muchacho, ¡al cielo le reclamo que no es natural que un hijo se muera antes que su madre! ¡Otra mala jugada, sí señor, que ya he perdido dos hijos por la violencia! Ven que Juan Pablo nos espera…

Detrás de Teodosa espera su turno Dos Santos, padre del difunto y así llamado por tener solo dos dedos en su mano derecha, a causa de un infeliz accidente con una sierra resbaladiza y asesina. Mulato alto y bien plantado, las canas asoman entre la cabellera de pelo apretado. Al abrir la boca, huecos negros evidencian los tres dientes que le faltan y su mirada fatigada denota el paso de los muchos años que han pasado desde que Claudio dejó la hacienda, camino a la capital. En silencio, sus grandes ojos negros lloran sin vergüenza al abrazarlo.

El resto del cortejo fúnebre mira a este extraño venido de lejos, algunos con ojos de curiosidad, otros con hastío y, para sorpresa de Claudio, algunos con abierta hostilidad. Todos llevaban ahí parados dos horas esperando para enterrar al muerto; esperando la llegada de este hombre que solo los muy viejos habían conocido alguna vez de niño en vida de su abuelo. Ahora otra vez se reunían, en ocasión de otro entierro, bajo la misma ceiba cuyas ramas dobladas parecían aceptar el triste destino de acoger a los muertos de la familia Blanco. Allí, rodeando el majestuoso tronco, las lápidas que señalan las tumbas de sus padres, sus abuelos y del hermano que nunca conoció, le hablaron a Claudio de tiempos que él pensó haber dejado atrás y que ahora, tercamente, se hacían presentes de nuevo.

Caminan hacia el grupo, mientras Teodosa le dice:

-Gracias, por dejarnos enterrarlo aquí. Siempre venía para acá. Se sentaba ahí al lado de tus muertos y me decía que en este lugar todavía rondaba el alma de tu abuelo.

-Por favor, este lugar es tan tuyo como mío... en realidad más tuyo que mío...

Pero Teodosa no parece enterarse del nudo que se le ha hecho a Claudio en la garganta y, todavía sujetándole la mano, endereza su encorvada espalda y con voz firme se dirige al viejo cura:

-Empiece, padre, que se hace tarde y pronto caerá el chubasco.

Dice, mientras señala los nubarrones que comienzan a concentrarse, en un solo bloque gris pizarra, cada vez más intenso.

El cura, ya entrado en años, da la impresión de que en cualquier momento lo vencerá el cansancio, el calor y la angustia al pensar que pudiese olvidar las palabras que con tanto cuidado ha preparado. El muerto no era cualquiera, ¡no, señor! Juan Pablo era querido y respetado por todos logrando, mediante un trabajo de filigrana, mantener la paz en la hacienda y en el pueblo, a pesar del creciente conflicto y polarización de posiciones políticas entre opositores y oficialistas que había logrado permear los ánimos hasta en este diminuto pueblo perdido en los confines de Guayana. El veneno del resentimiento y desconocimiento absoluto de las más elementales normas de buena convivencia habían llevado las cosas hasta los extremos de una violencia insostenible. Por eso –y por la forma en que murió Juan Pablo, vilmente asesinado- don Justo suda la gota gorda al pronunciar su elegía, no fuera a ofender a un bando o al otro.

Mientras se soba la calva una y otra vez, se limita a leer el pasaje de rigor de su libro santo y a pasarle, por encima y rapidito, a la tragedia que los ha convocado hoy.

-...el bueno de Juan Pablo, querido por todos, nos ha dejado para siempre, injustamente arrancado del lado de sus seres queridos y de su tierra, que Dios lo tenga en Su gloria.

Pasan los minutos sin que nadie agregue palabra. Por razones que Claudio no entiende, el ambiente parece cargado de tensión. «¿Qué pasa aquí?» Los adultos no se miran a las caras y sus cuerpos se mueven intranquilos. El desasosiego es evidente. Don Justo da por terminado el oficio y con una mano un tanto temblorosa, dispensa un *pax vobiscum* a los presentes y se repliega en sí mismo, cual tortuga en su caparazón ante una amenaza desconocida... Nadie se acerca a los padres o a la viuda para llorar abrazados el último adiós al muerto. En respuesta, a una señal que parece haber sido acordada previamente, un grupo de niños, encabezados por los hijos del muerto, se van a tirar las flores blancas al río que pasa a escasos cien metros del lugar del entierro. Ha terminado la ceremonia. Todos se dispersan, cabizbajos y en franca huida a sus respectivas casas con la esperanza de que la lluvia y la noche borre de un solo plumazo la vergüenza de los hechos acaecidos en la madrugada del día anterior.

El cielo pasó de gris a negro y empezaron a caer en rápida sucesión las gotas gordas y fuertes que anuncian la proximidad de la tormenta esperada. Claudio baja la cabeza para resguardarse de la lluvia y comienza a sentir la incomodidad de sus zapatos de cuero que pronto se enchumban de agua. A su lado, las alpargatas de Teodosa y Dos Santos pierden rápidamente su color original, azotadas por los trazos de un pincel enloquecido que dispara lodo a diestra y siniestra y más allá, tres pares de zapatos deportivos, perfectamente alineados, se hunden en la tierra suave. Al levantar la vista, observa cómo cambian de color los *jeans* que, al mojarse, se pegan a las piernas de los tres hombres cuyas miradas parecen taladrarlo con una hostilidad manifiesta, presentimiento confirmado al cruzar su mirada con la de ellos. El más alto de los tres le parece conocido, pero recuerdos imprecisos y lejanos le impiden ubicarlo con claridad.

«Debo preguntarle a Teodosa quiénes son y el porqué de esta violencia sin fundamento», pero ella miraba el cielo dejando que el olor a tierra húmeda y la lluvia acariciaran el dolor de unas lágrimas aún demasiado frescas. Sin mirar de frente al extraño trío que permanecía en un sospechoso estado de parálisis, aprieta su mano y le dice:

-Regresemos a la casa. No servirá pa' na' que te enfermes en tu primer día de regreso a estas tierras.

Claudio se vuelve una sola vez de camino a la casa para ver si los tres personajes los siguen; el chaparrón parece haberlos engullido. Ya tendría tiempo de confesar a Teodosa; lo primero era cambiarse de ropa y con suerte comer algo, pues el desayuno en Caracas ya pertenecía a un pasado que se le hacía bastante lejano.

«¿Por qué tengo la sensación de que mucho ha cambiado, y no para bien, desde que salí de aquí?» Por lo pronto, Claudio nota que la puerta principal está cerrada cuando en vida de su abuelo se mantenía abierta hasta el momento en que se retiraban a dormir, momento en que la trancaban para evitar que entrara alguna culebra. Es una puerta grande de dos cuerpos y madera maciza, sin aldaba. Sin embargo, al traspasarla, a Claudio le pareció retroceder en el tiempo. La madera del piso seguía crujiendo en los mismos sitios de siempre, los amplios sofás de cuero permanecían igual a como él los recordaba y las mesas continuaban repletas de objetos, libros y revistas. En cualquier momento podría hacer acto de presencia el abuelo, refunfuñando al no encontrar algún papel importante que seguramente se había traspapelado durante la limpieza cotidiana de la gran sala que hacía de recibidor, comedor, biblioteca y oficina. A la abuela le horrorizaba esta distribución espacial que, apenas por aquí y por allá, presentaba algún que otro muro bajo o medias paredes en un intento de mal insinuadas separaciones. Todo terminaba estando a la vista y cada día la abuela Emiliana enfrentaba con paciencia el desordenado orden impuesto por su marido. Definitivamente, la hacienda Tres Ríos era un perfecto patriarcado en todo menos en los quehaceres domésticos donde la voz cantante era la suya, sin discusión posible.

-Mijito, que tu abuelo no va a aparecer por ahí y estás mojando el piso. Anda a cambiarte y luego bajas a comer algo. Te preparé un hervido de gallina bien concentrao.

A punto estuvo Claudio de agregar, "un verdadero levanta-muertos". «Qué inconveniente hubiera resultado mi comentario.»

Claudio subió las escaleras hacia el piso de los dormitorios. Aquí al menos la abuela había reinado y las habitaciones y baños tenían paredes y puertas. En este momento cerradas, salvo la última del pasillo que correspondía a su cuarto de siempre. Se quitó la ropa y la colgó en el baño para que terminara de escurrirse y se dijo que no hacía falta tanto cuidado con un traje y zapatos que probablemente habían pasado a mejor vida. Desnudo se acomoda con dificultad en una mecedora más apropiada para el niño que fue que para el hombre casi cuarentón que es hoy. Los muebles están pulidos, sin un trazo de polvo por ningún lado; los cuentos infantiles perfectamente ordenados en el mueble-biblioteca y las repisas plenas de objetos y soldaditos de madera, mudos testigos de épocas más felices. Acusa de pronto el cansancio del día y con enorme lentitud se viste con el *blue jean* y una de las tres camisas manga corta que ha traído en el maletín y se calza, sin medias, unos zapatos deportivos.

Antes de bajar, entró en la habitación de sus padres. Estaba limpia pero vacía de toda huella humana. Abrió los armarios, también vacíos. Pasó a la habitación de los abuelos. Solo quedaban las cosas del abuelo; al abrir su armario el olor a ropa fresca le impactó. Claudio no dudó por un instante que Teodosa mantenía la ropa aireada y hasta lavada y planchada con frecuencia en el intento inútil de mantener viva una presencia, que hacía mucho había pasado a otro plano. Ya encontraría el momento para empacar todo y hacerle llegar las cajas a la iglesia.

En el comedor, un solo puesto adornaba la gran mesa de caoba maciza. Teodosa lo había ubicado en la cabecera. Claudio se sintió incómodo pues, en su memoria, aquella mesa seguía poblada de gente: los abuelos en cada cabecera, sus padres y siempre algún que otro invitado. Como si hubiera adivinado sus pensamientos, Teodosa le dice: ahora te toca a ti.

Algo en él se resiste y, acercándose, cambia las cosas de lugar, tomando asiento en el segundo puesto a la izquierda. «Finalmente, aunque lleves muchos años lejos, tu puesto en la mesa sigue siendo el mismo.» Desplegando la servilleta blanca, pulcra y almidonada, levanta la mirada para ver mejor a Teodosa. ¡Qué barbaridad! ¡Qué negra es! Siempre le había impresionado esto, porque a todos los demás los recordaba más bien mulatos. Le pareció más pequeña y entrada en carnes que la última vez que la vio hace ya dieciocho años. Se sorprendió ante el pelo canoso prensado hacia atrás en un pequeño moño –claro, debía estar ya cercana a los 80 años- y una red de arrugas, unas más profundas que otras, que marcaban surcos alrededor de los ojos y la boca que ahora expresaba una dureza nueva para él. A pesar de sus hombros encorvados, su torso parecía inclinado hacia delante en posición de permanente desafío ante ¿la vida? ¿el destino? ¿la muerte prematura de sus hijos?

- ¿No me vas a acompañar?

«Inútil la pregunta. Ella sigue respetando la dinámica de la casa en tiempos de mi abuela.» Esto le quedó claro cuando, en lugar de sentarse en una de las sillas vacías, fue a buscar una a la cocina. Durante algunos minutos no supo de otra cosa que no fuera el hervido de gallina, magistral como siempre, que sirvió para minimizar los estragos del viaje, el entierro, el aguacero torrencial y el fuerte viento que continuaba sin atisbos de amainar.

-Hoy no me pasa bocao. Mañana será otro día. Aquí siempre los días amanecen limpios, aunque hayamos vivido noches negras y tristes-, y dicho esto se persignó tres veces seguidas.

Una mujer joven, delgadísima y de expresión franca entró con más bandejas de comida.

- ¿No te acuerdas de Felicia? La cuidabas de pequeña.

-No lo puedo creer, has crecido tanto...

-Usted también, señor Claudio. ¿Quiere que le sirva? contesta, mirándole directamente a los ojos.

-Estoy bien así, por ahora solo quiero un café para mí y otro para Teodosa. Y hazme el favor de dejar la formalidad que no nos va...

Servidos los cafecitos, siguen en silencio. Luego de meditar si debía o no hacer las preguntas que quemaban por salir, Claudio abre la conversación con las más apremiantes.

-Ya sabes que recién llegué a Caracas hace tres meses y estaba en medio de una reunión cuando me informaron de la muerte de Juan Pablo. Apenas tuve tiempo de coger un avión y de hecho casi no llego a tiempo para su entierro. ¿De qué murió? No creo recordar que estuviera enfermo, o por lo menos nunca me lo dijiste. Hablaste de haber perdido dos hijos por la violencia y el cura dijo que Juan Pablo había sido 'arrancado' del lado de sus seres queridos. Puedes explicarme qué pasó y ¿por qué persiste esta sensación de que aquí hay un misterio y una tensión que no logro entender? ¿Quiénes son los tres que me miraban con tanta hostilidad y desaparecieron sin decir palabra después del entierro? Uno de ellos me recuerda a alguien... ¿Qué pasa aquí?

Teodosa, sin levantar la vista, revuelve su café una y otra vez. Sus manos gruesas y envejecidas le tiemblan y Claudio piensa que ha sido un bruto sin remedio al acribillarla con preguntas en un momento en que lo correcto hubiera sido ofrecer un consuelo silencioso.

-Perdóname, sigo tan torpe como siempre. Si quieres lo dejamos para mañana.

-A Juan Pablo lo asesinaron.

Así, sin más, y después, otra vez el silencio. Claudio mira a su alrededor, pero Felicia ha desaparecido. Tiene la sensación que el cuarto se oscurece y que las once sillas vacías le hablan desde un espacio fantasmagórico, pleno de soledades y tristezas.

-No sabemos quién lo hizo, pero sí sabemos por qué lo mataron. Aquí pasan cosas feas, Claudio. La maldad anda suelta. Y ese muchacho que tan feo te miraba y que te pareció recordar, es Santos, el más pequeño de mis hijos y ahora el único que me queda. A dos se los llevó la violencia y a este... ¡Dios me libre de la pena de verlo muerto a él también! Llevas muchos años lejos y aunque hablamos siempre, la distancia es la distancia. ¿Cómo puedes saber lo que pasa aquí? ¿Por dónde empezar a contarte? Mañana si quieres hablamos. Ahora tengo que ir a cuidar al viejo. Desde que mataron a Juan Pablo, no ha vuelto a decir ni pío y me da miedo que de puro dolor se me vaya él también.

-Sí, mañana... descansa. Voy a sentarme en el corredor un rato antes de acostarme, y levantando la mano hasta la oreja agrega, tengo la impresión de que la tormenta está de salida.

-No olvides cerrar la puerta que ahora las culebras son el menor de nuestros males.

Y con estas palabras, Teodosa se levantó y se plantó ante él. Ella esperaba para comenzar un viejo ritual, hace tiempo desaparecido.

-La bendición, Nana... Susurró Claudio.

- ¡Dios te bendiga, mijito! Le hizo la señal de la cruz en la frente, seguido de un beso, y moviendo la cabeza en aprobación, dio media vuelta en dirección a la cocina, cerrando la puerta suavemente.

La tormenta pasó con la misma rapidez con la que llegó, marcando su huella con el olor a tierra limpia que dejan tras de sí las lluvias en Guayana y un cielo estrellado, al fin en paz. Allí está la mecedora del abuelo. Lo llama, lo invita a ocuparla. Sin duda, no ha sentido el calor de otro cuerpo desde la muerte de su dueño. Claudio pensó que todo desbordaba melancolía en esta casa. ¿Sería él, el melancólico? Sentado en la mecedora recordó las veces que de niño la ocupaba para sentirse grande como el abuelo. Hoy se sintió más usurpador de este espacio, que dueño de estas tierras.

En cuestión de segundos, las chicharras que presagiaron el chubasco, cedieron el protagonismo a los insectos voladores que siempre se adueñan del aire después de una tormenta, multiplicándose hasta rodearlo por completo. Llegó el momento de regresar a la casa y dar por terminado este día de experiencias tan peculiares.

A pesar del cansancio, tardó mucho en dormirse esa noche. Mientras afuera el silencio del campo todo lo envolvía, la casa le pareció llenarse de ánimas que rondaban intranquilas, en espera de que él les indicara el camino de su tan deseado reposo. Cuando finalmente el sueño se apoderó de él, las imágenes del pasado, tanto tiempo encerradas en el cofre de sus recuerdos, estiraron sus entumecidos miembros y se prepararon a irrumpir, de manera estrepitosa, en el tan necesitado descanso de ese infeliz, que siempre creyó que la noche era para olvidar.

UNOS Y OTROS CAYERON

Es el día de su octavo cumpleaños. Se levanta de la cama a toda velocidad y busca en el armario el paquete que había prometido no abrir hasta el momento de la celebración prevista para esa tarde. Rasga el papel sin miramientos –unos pantalones largos, larguísimos- resbalaron al suelo. Claudio se los pone y sale rumbo al cuarto de sus padres para mirarse en el espejo de cuerpo entero.

La habitación está vacía. Sus padres salieron para la capital hace más de tres semanas. Algo no andaba bien con el hermanito que iba a nacer. Su mamá se había sentido mal por muchos meses y el médico del pueblo les había aconsejado consultar un especialista experimentado en estos casos difíciles. Prometieron llegar a tiempo para soplar juntos las velitas de su torta de cumpleaños. Además, juraron no regresar sin el tren de siete vagones, varios cambios de riel y tres estaciones completas con gente y todo, que iba a ser el regalo de los abuelos. Está seguro de que vendrán cargados con otras sorpresas y la excitación es insostenible. La noche antes había rezado por su mamá. Y, empujado por Teodosa, también por su hermanito nuevo, aunque no sentía demasiado entusiasmo por el arribo de aquel a quien ya ve como rival de un cariño que, hasta ahora, ha sido solo para él. Más de una vez ha pensado que no estaría nada mal si este bebé simplemente no llegara nunca, siempre y cuando su mamá se encontrara bien.

La imagen que refleja el espejo lo llena de satisfacción. Con estos pantalones ya los compañeros de colegio no se burlarán de él y no lo seguirán llamando "debilucho" y "miedoso", como hasta ahora. Tendrán que respetarlo. Claudio se encuentra ensimismado en estas reflexiones, cuando se percata de los gritos de Teodosa. Un escalofrío le recorre el cuerpo y le pone la piel de gallina.

-Le dije que ese gallo no servía. Que tenía mala sangre y que cosas malas pasarían. Ay, Santísimo, ¡Qué desgracia! ¡Qué desgracia!

Emiliana la manda callar tan bruscamente que Teodosa se queda petrificada con la espalda pegada a la pared que separa el salón del comedor, mientras las lágrimas le corren en cascada. Todavía, a los 49 años sigue teniéndole un respeto casi asustadizo. Llegó a la vida de los Blanco cuando contaba solo quince años. Emiliana iba a tener su primer hijo y su madre había enviado desde Bogotá a la adolescente Teodosa, para que la ayudara con el crío. Hoy, ese crío ya era un hombre, casado a su vez, con un hijo y otro en camino. Solo que el destino les había jugado una mala pasada. Con el delantal apretado contra la cara, Claudio solo puede ver unos ojos desmesuradamente abiertos que lo miran con una emoción indescifrable, mientras él baja, uno a uno, los escalones de la gran escalera de madera reluciente.

- ¿Abuela? ¿Qué pasa? ¿Por qué llora mi Nana y por qué la regañas?

-Porque la superstición me crispa los nervios. Claudio, hijo...

Las palabras han empezado con voz fuerte y terminan en apenas un susurro. Parece hablar de un accidente, pero los suaves sollozos de su abuela le dificultan la comprensión de lo que intenta decirle. Es la primera vez que Claudio la ve llorar. Algo anda muy, pero muy mal. Siente que algo se quiebra dentro de su pequeño pecho. ¿Qué quiere decir su abuela? ¿De qué accidente habla? ¿Quién se ha llevado a sus padres y para dónde? ¿Se les habrá olvidado su cumpleaños?

-Abuelo...

Augusto está de espaldas al grupo. A medias apoyado en el respaldar del gran sofá de cuero, su mirada se pierde en el álbum de fotos, aun abierto sobre su escritorio. Cuando su capataz entró con la terrible noticia del accidente que acabó con las vidas de su hijo, de su nuera y del nieto recién nacido que habían nombrado Carlos Augusto en honor de su padre y abuelo, él se encontraba revisando cuántas páginas le quedaban libres, en espera de las nuevas fotos que marcarían la tan esperada ampliación de la familia Blanco.

-Abuelo...

Este se voltea y le extiende la mano a su nieto. "Ven, Claudio, te lo explicaré todo." Pasan por delante de Teodosa que se ha sentado en el último escalón de la escalera, inmóvil con la cara enterrada en su delantal. Esta sacudía la cabeza en el inútil intento de ahuyentar la catarata de risas de niño mezcladas con las carcajadas de hombre que rebotaban en los espacios de su mente para seguir camino hasta llegar a su adolorido corazón. Supersticiosa como era, le entró un miedo reverencial al imaginarse poseída por el alma de su niño Carlos. Sí señor, *su* niño, aquel que sencillamente compartía con su ama. Al pasar frente a ella Augusto le da unas palmaditas en la cabeza y, con gesto cansado, se acerca a Emiliana y le coge las manos.

-Emiliana, no podemos conocer los caminos del Señor y de nada nos sirve increparlo en estos momentos. Tenemos decisiones importantes que tomar, pasos que dar. Y tenemos una criatura que espera por unos padres que nunca llegarán.

Luego le explicó al niño lo mejor que pudo y con voz suave que sus padres y hermanito habían muerto en un desgraciado accidente de carretera.

Augusto escoge el lugar del entierro bajo la sombra de la gran ceiba que parecía dominar, solitaria, un gran descampado cercano al río. Dio instrucciones que los niños del pueblo debían tirar al agua flores blancas para que este acogiera como es debido a las almas de sus seres queridos. Y así comenzó, el ritual que marcaría, a futuro, la manera de honrar la última despedida a los miembros de la familia Blanco.

Observó con preocupación la tristeza que se instaló en su nieto. La tan esperada fiesta de cumpleaños se convirtió en un funeral y no atinaba a entender y aceptar lo sucedido; de pronto se había quedado sin padres y sin hermano. Pero el viejo sabía que a los ocho años el tiempo haría lo suyo y el dolor pasaría más pronto que tarde; no así para su esposa cuyo ánimo decaído se acentuaba en vez de mejorar.

Pasaron los días, los meses y tres años... La abuela pasaba las mañanas en el cuarto de su hijo. Más de una vez, Claudio la había sorprendido abriendo los armarios para pasar la mano suavemente por la ropa de su hijo. Más de una vez, vio al abuelo golpearse el pecho y decirle que "¡nuestros muertos los llevamos aquí!" Insistía en que no era sano guardar todo eso y que había que donarlo a la iglesia, pero Emiliana se negaba rotundamente. Por las tardes, rezaba el rosario con Teodosa. Entre el Padrenuestro, los cuatro misterios, las avemarías y el Gloria al Padre, y al Hijo y al Espíritu Santo, ella dejaba correr los días. Emiliana decía en voz alta el "Dios te salve María..." y Teodosa se encargaba de responder "Santa María, Madre de Dios...". Ya no parecía enterarse del desorden que en tiempos pasados le reclamaba a Augusto y a pesar de que lo reñía, diciéndole, "Basta de tristezas, lágrimas y caras largas. Este niño necesita sonrisas", fue a su querida Emiliana a quien una tarde mientras tejía, se la llevó la tristeza.

LA MUERTE DE AUGUSTO BLANCO

Claudio está pronto a cumplir los quince años cuando la tragedia vuelve a tocar a las puertas de Tres Ríos. En su habitación mira los soldaditos de madera que el abuelo le regaló la noche antes, y lo embarga un sentimiento de ternura hacia el viejo que parecía no enterarse del paso del tiempo. «¿No se da cuenta que ya no estoy para juguetes de este tipo?» Al menos había accedido a comprarle el telescopio, que quería usar para escudriñar los cielos estrellados de Guayana. Quiere decirle que ya es grande y que Flor le ha sonreído hoy por primera vez en la clase. Tiene la esperanza de que lo haya echado de menos los días que se había quedado en casa con una de esas gripes "de pronóstico reservado", como las llama el abuelo. Y este, fiel creyente en que no hay gripe que se resista a unos días en cama y mucho líquido, le prohibió asistir a clases hasta que se recuperara del todo.

Atardece y falta poco para la hora de la cena. Pronto subiría su abuelo y comenzaría el ritual empezado poco después que muriera la abuela. Antes de la cena, se reunían en su cuarto y leían juntos algún libro. Al menos ahora habían pasado de los cuentos infantiles a las aventuras de ciencia ficción que él amaba. En realidad, más que leer, se contaban historias. Claudio hace lo posible por contagiar a su abuelo con relatos sobre naves espaciales y otros planetas habitados por seres, a veces sabios, otras veces temibles, según por dónde se paseaba su fantasía.

El viejo, por su parte, aprovechaba estos momentos para relatar historias del campo y de Guayana. Coloreaba sus cuentos con mitos y supersticiones para mantener la atención del muchacho. Las historias hablaban del oro, el hierro, la bauxita, los ríos y la gran riqueza forestal de Guayana. Y así Augusto lograba transmitirle la impronta y el legado dejado por aquellos visionarios y pioneros cuyas acciones convertirían este vasto pedazo de tierra venezolana en un centro de inmenso alcance industrial, sin descuidar y agradecer la bondadosa naturaleza que lo hizo posible.

Esta costumbre es seguida por otra que protagoniza Teodosa. Después de la cena, lo acompaña en sus oraciones, le da la bendición, un beso en la frente y apaga la luz de la lamparita de la mesa de noche que alumbra las fotos enmarcadas de sus padres y de su abuela. Si no está demasiado cansado, Claudio aprovecha estos momentos para contarle a sus padres lo que ha hecho en el día, y a su abuela le asegura que el abuelo está bien porque él lo cuida. Eso hace la noche del 20 de julio de 1990.

Abrió los ojos de pronto. Algo pasa. Se oyen gritos abajo y pisadas apresuradas. De pronto, se abre la puerta y su nana con la cara descompuesta se abalanza sobre él, abrazándolo con fuerza. Ya totalmente despierto y asustado le pregunta por qué llora.

-Tu abuelo ha muerto, mijito. Se lo llevó el Señor mientras dormía.

Algo se descompone en su interior e instintivamente retrocede siete años, hasta situarse en aquel primer evento desgraciado, dando inicio a un destino que seguirá su propio rumbo, inexorable y ajeno a los deseos de Claudio Blanco.

Lo que sucedió después fue un verdadero pandemónium. De la

familia Blanco solo quedaba él en la hacienda. Teodosa llamó a la tía Marta, hermana de su madre, a Caracas y esta le prometió tomar el próximo vuelo a Puerto Ordaz. Mientras tanto, ordenó que fueran organizando el funeral como mejor pudieran.

La tía Marta llegó en el último vuelo de la tarde y allí en la pista la esperaba Dos Santos.

-Se fue así no más, cuando todos pensamos que duraría pa' siempre.

-Nada es para siempre, Santos.

Dos Santos no para de hablar durante las casi dos horas de camino del aeropuerto a la hacienda. Primero, cuenta cómo encontró al viejo, muerto en su cama. El cuarto vibraba con la luz de la mañana, un macabro contraste con el muerto, que yacía con los ojos cerrados y una extraña sonrisa en la boca. Solo el ruido del río interrumpía el silencio de la habitación. Esto lo cuenta Dos Santos con voz grave y temblorosa, con ojos que giran en sus cuencas, como si buscaran asustados al mismísimo fantasma del patrón. Después, con cierta indignación, describe la excitación suscitada en las gentes del pueblo por la muerte de uno que al parecer todos sentían como suyo. El problema estuvo en que cada quien vela sus muertos a su manera y no terminaban de ponerse de acuerdo en cómo debía rendirse los últimos respetos a tan honorable caballero.

Al pasar por el pueblo, ya al atardecer, Marta se sorprende ante el aspecto desolado que presentan sus calles vacías y las casas con ventanas y puertas cerradas. Iba a preguntarle a Dos Santos a qué se debía esto, pero él discurría por otros caminos. Le explica que, luego de innumerables discusiones y discursos entre los notables de Río Fuerte sobre qué hacer con el patrón, finalmente fue el dueño de la farmacia, quien llamó todos al orden, diciéndoles que Don Augusto le había dicho que cuando él muriera quería ser enterrado sin alborotos y con toda sencillez, debajo de la gran ceiba donde reposaban los restos de Emiliana, su esposa, Carlos, su hijo, Julia, su nuera y el nieto recién nacido. El único homenaje que pedía era una oración que lo acompañara en su camino y que los niños del pueblo continuaran la tradición de llevar cada uno una flor blanca que debían lanzar a su querido río, con el ruego de que este acogiera su alma liberada y la guardara en custodia hasta que el Señor Todopoderoso decidiera qué hacer con ella.

De manera que así le celebraron el último adiós a Don Augusto Blanco. Ya pasadas las siete de la noche, la tía Marta pidió ver a Claudio. Lo encuentra en su habitación con el último libro que había compartido con el abuelo sobre sus rodillas. Hace el intento de abrazarlo y le dice que no se preocupe, que ella se encargará de él y que mejor descanse. Claudio no está cansado, está triste. A la tía Marta solo la ha visto una vez en el entierro de sus padres. ¿Qué quiere decir con aquello de, "yo me encargaré de ti?"

Esto le queda más que claro cuando al día siguiente Marta anuncia que se llevará a Claudio a vivir con ella en Caracas.

La despedida de la hacienda después del entierro de Augusto, se hizo a toda prisa. La tía Marta no tenía intención alguna de pasar más tiempo de lo indispensable en Guayana. Nunca pudo comprender cómo su hermana pudo escoger este lugar como residencia permanente. Tampoco comprendió su decisión de tomar a Augusto Blanco como compañero de vida. Este siempre le pareció hosco y un aventurero sin fundamento. ¡Mira que mudarse de Caracas e instalarse en un lugar que desconocía el más mínimo sentido del confort! Lo cierto es que los dos jamás tuvieron empatía el uno por el otro. Y encima ahora tendría que cargar con un huérfano, cuyo único legado era esta hacienda y sus tierras.

Para Teodosa la muerte de Augusto precipitó una decisión personal difícil. Al padre de Claudio lo cuidó desde que nació y sentía hacia él la deuda de cuidar a su hijo hasta que se hiciera hombre. Percibió que la tía Marta no tenía capacidad de afecto, y que, si bien al niño no le faltaría lo esencial en cuanto a lo material, la seguridad de un sustento amoroso no le llegaría por este lado.

Decidió, pues, seguirlo a Caracas. Le dijo a un Dos Santos reacio a compartir su decisión que sería por poco tiempo, pero lo cierto es que lo dejaba solo con tres hijos, el menor con solo siete años. En ese momento, no tenía manera de saber que pasarían cinco largos años antes de regresar con los suyos.

Claudio tampoco podía prever el futuro. Con su mundo vuelto del revés, siguió a la tía Marta, apoyado emocionalmente solo en Teodosa. Pasarían veintitrés años antes de volver a pisar Tres Ríos.

CAMINO DEL RÍO

La primera luz del día entró tímidamente por la ventana. El abuelo nunca permitió el uso de cortinas y decía que "no hay despertar más sano que el envuelto por la naturaleza prodigiosa de Guayana. ¿Quién es uno para alargar la noche?" Tan diferente a sus costumbres citadinas con sus ventanas cubiertas por cortinajes espesos y oscuros. No se oye ruido alguno en la casa. Claudio se viste y baja las escaleras pensando en ir a la cocina en busca de desayuno. A mitad de camino cambia de parecer. De pronto, se encuentra frente al perchero donde el abuelo colgaba sus sombreros y bastones. Iría al río. Toma el sombrero más viejo y un bastón trabajado en una madera clara que contrasta con las vetas oscuras que corren a lo largo del palo pulido. El mango termina en la talla de un colibrí. Siempre le pareció incongruente la mano gigante del abuelo sujetando esa talla tan delicada. Pero el viejo solía decir que "este pajarito es como la vida misma, siempre en movimiento, nunca se detiene". Pensó que el bastón le sirvió al abuelo para acompañar sus pasos inciertos y que ahora le servía a él como apoyo a su encrucijada emocional.

Augusto Blanco le dedicaba una hora al día a su río, sentado en una silla de extensión de lona a rayas azules y blancas que Dos Santos le colocaba bajo el hermoso follaje de un árbol que había sembrado al regreso de la boda con su amada Emiliana. El abuelo invitaba a Claudio a acompañarlo cuando no tenía colegio. Una y otra vez le decía que los días debían comenzar con una oración y una reflexión. "El río tiene un secreto para quien quiera descubrirlo, solo pide unos momentos de silencio." Muchas veces Claudio le pidió que le contara el secreto y el abuelo le contestaba que si se lo decía la magia desaparecería.

-Lo descubrirás por ti mismo. El río te lo dirá. Ten paciencia.

-Abuelo, los ríos no hablan... ¿O sí? ¿A ti te habla? ¿Qué te dice?

-Sí, a mí me habla, pero no te lo puedo contar. Es un secreto. Ten paciencia. No te alejes de él hasta que lo hayas descubierto.

Y hasta allí llegaba, no más. No importaba cuánto insistía Claudio, el viejo siempre repetía lo mismo. El muchacho se alejaba con el ceño fruncido, la cabeza gacha y las manos metidas en los bolsillos del pantalón. Lo carcomía la curiosidad. Al menos por algunos minutos. Después se iba a jugar y se olvidaba de las rarezas del abuelo.

¡Qué destino el suyo! O sufría o hacía sufrir. Sus padres y abuelos muertos, una tía que simplemente "cargó" con él, y su nana que dejó a los suyos para seguirlo a Caracas. Al poco tiempo de la muerte de su cuñado, la tía Marta dejó atrás su viudez y se volvió a casar. Los dejó viviendo solos en el apartamento que su abuelo había adquirido para sus pocos viajes a la capital. Y así hasta que se graduó en la universidad y decidió ir a los Estados Unidos a estudiar un postgrado. Teodosa aprovechó el momento para decirle que era hora que ella regresara a ocuparse de su gente en Tres Ríos y que lo esperaría allá. ¿Tenía que haber regresado a Guayana? A pesar de no haber descuidado sus obligaciones con la hacienda, sentía que a su gente la había abandonado y por momentos la culpa y lo que él consideraba el derecho a escoger su propio destino se peleaban el primer lugar en su corazón.

Ahora sentado en la margen del río, Claudio piensa que las Moiras son caprichosas. Tejen los destinos de los hombres totalmente indiferentes a sus deseos. Le habían otorgado riquezas materiales, pero negado la felicidad en sus afectos. Nunca le consultaron si esta combinación era la suerte que deseaba. «Y ahora debo decidir qué hacer con todo esto...» El abuelo no había dejado testamento. Al parecer le bastó con dejar el legado de las tierras, el río y su gente a su único heredero. Ya en Caracas le comentó a Teodosa que le hubiera gustado recibir instrucciones más precisas al respecto, a lo que ella respondió: "El patrón nunca me habló de eso. Una vez me dijo que bastante había mandado en vida y que después de muerto, ya no importarían los deseos y los planes, otros decidirían y mandarían. Ahora Tres Ríos es tuya y te sale arrear con ella. Si regresas puede que el río te hable como lo hacía con él." A lo que Claudio contestó con clara impaciencia:

-La verdad es que nunca entendí todo ese misterio del río, su famoso secreto y el empeño del abuelo en que aprendiera no sé qué cosa sentado al lado de ese cuerpo de agua. Chocheras de viejo, supongo.

El sol se dejaba sentir. Era hora de regresar. Lo que sí tiene claro es que pensaba pedirle a sus Moiras un respiro, al menos por el mes que ha pensado permanecer en Tres Ríos. Una vez aquí y de una vez por todas, debo decidir el destino de la hacienda. Si mis socios necesitan reunirse conmigo tendrán que venir a Guayana. En cuanto a Cristina, ya veremos si se fortalece la relación o termina por desaparecer.

Algo pasa. Vio a Teodosa con las manos en las caderas, el torso hacia delante y furia en los ojos. Detrás de ella, se encontraba Felicia quien al ver a Claudio entró rápidamente en la casa y cerró la puerta. Teodosa hablaba, o más bien le gritaba, a Santos:

- ¡Esto se acabó! No quiero saber que andas con ese grupo de malandras. No quiero saber de revoluciones, de "Patria, Socialismo o Muerte", del títere cubano que tenemos como presidente, ni de esa idiotez de "escuálidos" y "chavistas". Esta casa está en duelo y lo único que quiero es la cabeza del malnacido que mató a Juan Pablo.

- ¿Qué pasa aquí? ¿Alguien me quiere explicar?

- ¡No se meta en esto que no es asunto suyo! Llega ahora con aires de grandeza a ocuparse ¿de qué? ¿A consolar una vieja que no ha visto en dieciocho años? ¿Viene a decidir qué hacer con esta tierra y su gente que pasamos bastante trabajo, mientras usted se hacía rico en algún lugar del "imperio"? ¡No me haga reír!

Y Santos después de decir esto, dio media vuelta y se fue pateando el suelo con los puños apretados.

Claudio quedó clavado en el sitio. Baja la mirada el tiempo suficiente para controlarse y pensar, «Nadie me habla así ¿Qué se habrá creído este insolente? Solo por respeto a ti, Nana, me contuve de darle una buena trompada que es lo que se merece. Pero hasta aquí llega mi paciencia. Soy el dueño de estas tierras y nadie entra aquí para insultarme. Ya llegará el momento de arreglar cuentas con ese gamberro, así sea tu hijo.

-No entiendo nada, Teodosa, y es hora que me expliques lo que está pasando. Entremos.

Al entrar en la cocina y ver la dura expresión en la cara de Claudio, Dos Santos y Felicia se pararon con intenciones de huir.

-Nada de eso. A sentarse los dos. Llegó la hora de las explicaciones y me imagino que algo podrán aportar a esta conversación.

Nadie se movió y el único sonido en la habitación era el clac-clac-clac que hacían las aspas del ventilador de techo. Dos Santos se mira las manos, mientras que Felicia observa y espera con aparente calma. Teodosa se pone a colar café, saca una bandeja, busca las tazas y el azúcar, enjuaga las cucharitas y las seca con su delantal, se entretiene abriendo una caja de galletas... Jamás Claudio ha visto una preparación de café tan complicada.

-Aquí nos quedaremos todo el día si es necesario, hasta que alguno de ustedes me explique por qué Santos tiene el desparpajo de hablarme así. Y no soy un hombre demasiado paciente. Con un gesto de la mano los conminó a sentarse.

Teodosa sirvió el café y finalmente se decidió a hablar, de pie y con las dos manos apoyadas en la mesa.

-Llevabas pocos meses en Caracas, pero seguro que has tenido tiempo para ver lo que pasa en el país. Muchos pobres y algunos ricos. El resentimiento y el odio todo lo ensucian. Hermanos se pelean y las familias se separan. Te meten un tiro por quitarte un teléfono y a veces hasta por no tener uno que entregar, porque la vida no vale na'. Hay dos bandos y se tiran a matar, uno con palabras y el otro con pistolas, machetes, palos o lo que encuentren. ¿Y crees que eso solo sucede en la capital?

- ¿Me estás diciendo que el asesinato de Juan Pablo tiene que ver con todo esto?

- ¡Ah, pues, que más claro no canta el gallo! Por aquí también hubo expropiaciones e invasiones. No sé bien la diferencia entre las dos, pero malo es... A veces, lo hace el mismísimo gobierno y otras, te quitan lo tuyo gente que antes eran tus vecinos y amigos. Llegan y te dicen "esto ahora es mío" y si tienes suerte te dejan sacar a tu familia. Dicen que siguen la ley, pero ¿cuál ley? la que ellos se inventan.

- ¿Y Juan Pablo qué papel jugaba en todo esto?

-Defendió tus tierras contra viento y marea y por un tiempo le funcionó, porque la gente lo respetaba, o le tenía miedo. Da igual, ya ves que pudo más la maldad y las ganas de hacerse rico de mala manera.

-Si Juan Pablo estaba a favor de la legalidad, por lo que entiendo, Santos ¿está con el otro bando?

-Es un muchacho cabeza caliente, pero de buenos sentimientos. Le han envenenado el cerebro y tuvo más de un encontronazo con su hermano por eso. Está destruido por la muerte de Juan Pablo y cree que tú y los demás hacendados son los culpables de todo.

-Pero ni siquiera estaba aquí. ¡Llevo veintitrés años sin pisar Tres Ríos! Y, que yo sepa, no les ha faltado nada. Desde la muerte del abuelo jamás ha pasado un mes sin que recibieran el dinero requerido para el mantenimiento de la hacienda, a pesar de que en muchos años aquí no se produce ningún tipo de ganancia. Perdóname Teodosa, pero se me hace que Santos es un tanto malagradecido, ¿no crees tú?

-Sí, has mantenido la hacienda y eres el dueño de esto, pero ¿acaso puedes decir que conoces a tu gente, lo que los alegra o lo que les duele? Hace mucho tiempo que ya nadie pregunta, "¿cuándo viene el patrón?"

- ¿Es que ustedes también me culpan de la muerte de Juan Pablo?

Siguió un silencio incómodo. Dos Santos y Felicia no han abierto la boca y Teodosa recoge las tazas y se pone a lavarlas. De espaldas al grupo, responde:

-Ay Santísimo, claro que no, ¡solo faltaba que nos peleáramos entre nosotros! pero en tu ausencia estos nuevos venezolanos que se creen el ombligo del mundo, han ido cocinando un caldo que sube de calor y ahora revienta por todos lados.

Claudio acusó el golpe, pues el gusanillo de la culpa que con frecuencia se le presentaba diciéndole: "aquí estoy, ¿qué vas a hacer conmigo ahora?", apuntaba en la misma dirección. Por más excusas, todas válidas, que lo habían apoyado en su decisión de buscar fortuna en otro país, ese gusanillo le repetía sin cesar: Tres Ríos sin amo no sobrevivirá. ¿Es esto lo que quieres hacer con tu herencia?

-Y el estado en que vi el pueblo, ¿es también parte de lo mismo?

-Pues sí, Claudio, habló Felicia por primera vez y sin empache esta vez para llamarlo por su nombre y tutearlo. El pueblo siempre fue consecuencia de la hacienda. Nació en parte por ella, pero a medida que fue bajando su producción, se quedó sin cliente a quien servir. Las demás haciendas también han visto mermar su producción durante el absurdo "reinado" de esta dictadura que tiene el descaro de proclamarse una democracia. Los jóvenes se fueron a buscar futuro en Puerto Ordaz y poco a poco Río Fuerte se convirtió en un pueblo de viejos, algunos abuelos y pocos niños, hasta que empezaron las expropiaciones y las invasiones. Con la "revolución" volvieron los hombres jóvenes, pero mejor hubiera sido desaparecer poco a poco que vivir lo que estamos viviendo.

-Tú eres joven y te quedaste...

-Es verdad, pero ese cuento no viene al caso. Pertenece a otra historia. Lo que sí te puedo decir es que de nada me sirvió haberme graduado de Técnico Superior en Turismo con la ilusión de hacer de esto mi modo de vida. Cuando regresé encontré a mamá desesperada, haciendo milagros para mantener viva la farmacia. El negocio no daba para reponer el inventario y lo poco que quedaba se lo llevaban sin más, a nombre de la revolución, para surtir los ambulatorios del gobierno. Si necesitas un médico tienes que coger para Tumeremo. Si no fuera por Teodosa, que me paga un salario por ayudarla aquí, no tendría cómo mantener a mi hija y aportarle algo a mi madre. Y no creas que no estoy clara en cuanto al origen de mi sueldo. No pertenezco a la categoría de los mal agradecidos.

-Bueno, -respondió Claudio, acusando este segundo golpe- creo que lo primero es ponerme al día con todo y trazar nuevas estrategias y metas de producción. Sería bueno también celebrar una reunión con la gente del pueblo, sin distingo de bandos.

-Patrón, si me permite un consejo...

-Por supuesto Dos Santos, al fin de cuentas eres el capataz y administrador de esta hacienda.

-No se arriesgue a salir mal parado de una reunión sobre la que no tendrá el control. En sus empresas usted manda y los demás obedecen. Se mueve en un mundo donde las explicaciones a veces sobran y lo que cuenta son las acciones. Aquí nuestro mundo tiene dos velocidades, una rápida que está en manos de los "nuevos" y otra más lenta que pertenece a quienes quedamos de épocas pasadas. Tendrá que vérsela con las dos. No se vaya de frente, váyase de canto.

- ¿Cómo así?

-Su presencia ha generado mucha confusión, mucho miedo en los dos bandos. Aunque los "nuevos" se llenan la boca con bravuconerías no las tienen todas consigo. Solo con la fuerza logran lo que quieren, pero esto no gana a la gente, no son organizados, no respetan y las tierras que se cogen pronto dejan de producir. Y esto no les sirve, porque viven aquí y también tienen que comer. Y lo que yo llamo los "viejos" –que somos los de siempre- tenemos que aprender a convivir con ellos, porque el país que conocimos no volverá. Lo que le sugiero es que se "llene de campo" antes. Invite a uno y a otro, primero a los "seguros", a tomarse un cafecito. Conózcalos y, sobre todo, aprenda a escuchar, y disculpe mi atrevimiento.

Teodosa siempre lograba clavar la daga donde más le dolía. No había saña en sus palabras, solo una sabiduría que Claudio había aprendido a recibir sin preguntarse de dónde provenía. Pero ¿Dos Santos?, es un buen capataz y un administrador meticuloso, mas no se imaginó que tuviera estas profundidades. Y Claudio, aunque acostumbrado a mandar y ser obedecido –qué bien lo había descrito el viejo- también tenía su dosis de sentido común.

-Muy bien, así lo haré. No sé cómo manejaremos este embrollo y si lograremos salir airosos de esto, pero les agradezco a todos su sinceridad, lealtad y cariño. Una vez dicho esto, se paró dando por terminada la reunión.

Esa noche llamó a Cristina para informarle su decisión de alargar su estancia en Tres Ríos.

-Un mes pasará volando, pero comprenderás que llegó el momento de tomar decisiones definitivas.

-Sí, Claudio. Se imponen las decisiones definitivas, no solo en cuanto a tu hacienda. Creo que por el momento es mejor dejar lo nuestro hasta aquí, ¿no crees?

A él le dio cierta vergüenza admitir el alivio que sintió cuando ella abordó de manera tan pragmática la ruptura de una relación que en el fondo había comenzado a pesar en el ánimo de ambos. Antes de llamar, había pensado en invitarla a Guayana, pero solo imaginarla sin afeites ni ropa adecuada, sin buena señal de internet y sin las cortinas que resguardaran la privacidad y horarios de sueño que ella decía requerir...

-Dejaré instrucciones al gerente de mantener la suite a mi cargo hasta finales de mes. Puedes quedarte el tiempo que quieras y reanudaremos la conversación sobre lo nuestro cuando haya ordenado todo esto.

Ambos sabían que esa conversación nunca se daría.

UN VISIONARIO LLAMADO AUGUSTO BLANCO

Cuando Augusto Blanco murió a los setenta y cinco años, Claudio apenas contaba catorce, a punto de cumplir los quince, y vivía en un mundo protegido por la ignorancia de la adolescencia. Al no contar con una generación intermedia que le facilitara su incorporación a la vida productiva de la hacienda, las relaciones de Claudio con su abuelo se limitaban al espacio afectivo que compartían.

Sentado en el sofá de cuero, Claudio se preguntó por dónde empezar a comprender a Augusto, el terrateniente. En su juventud tenía que haber sido un visionario, porque si todavía hoy el sur del país estaba despoblado con relación al norte, esta tierra debía ser como la describió con frecuencia la tía Marta: "monte y culebras". Si Teodosa había mantenido la habitación tal como se encontraba en vida del viejo, algún vestigio de su historia debía estar escondido aquí en espera de ser descubierto y reconocido por su nieto y único heredero.

No recuerda haber reparado en la biblioteca del abuelo. No es que la gran sala le estuviera prohibida, pero de niño Claudio tenía otros espacios en la hacienda que consideraba más suyos. Ahora mira la cantidad de libros viejos y sobados, con aspecto de haber sido leídos más de una vez. Recorre con la mirada la colección de clásicos, antologías de autores venezolanos, biografías y libros de historia universal, algunos incluso en inglés y otros en francés. Conocía su amor por la música porque esta envolvía los espacios de la hacienda cada tarde, mas esta faceta de gran lector toma a Claudio por sorpresa. El viejo había llegado aquí de casi treinta años y recién casado con la abuela. ¿Cómo había sido su vida en Caracas antes de establecerse en Guayana? ¿Había tenido otras novias? ¿Quiénes eran sus amigos entonces? ¿Había ido a la universidad? ¿Qué lo instó a emprender la aventura de crear de la nada una hacienda de ganado en este lugar tan lejos de la capital, de difícil acceso en aquella época? ¿Lo habrá atraído esa misma fuerza primitiva y magnética que emana esta tierra, así como le pasa a él?

En otra de las repisas, otra colección –esta vez de álbumes de fotografías- con forros bellamente repujados en cuero, en cuyos lomos destaca impreso en dorado los años a los que corresponde cada ejemplar. La última fecha: el año en que murieron sus padres. Claudio se preguntó si habría fotos de él. Sin embargo, la curiosidad por conocer los inicios de quien fuera su abuelo pudo más. Saca de su reposo los primeros álbumes en vez del último. Despojado de la imagen austera y unicolor del hombre de campo trabajador y herido por la vida que Claudio asociaba con él, de pronto Augusto Blanco cobra un volumen y profundidad desconocidos para su nieto.

Todas las fotos tienen una leyenda donde aparecen escritas en una impecable caligrafía, los nombres de los fotografiados. Asomaron las caras en sepia de sus antepasados; bisabuelos y otros familiares que jamás conoció. Sus abuelos nunca los mencionaron. Y Teodosa tampoco, escudándose en el hecho que ella era apenas una adolescente, cuando se incorporó a la familia Blanco al nacer el hijo de Emiliana. La boda de Augusto y Emiliana se celebró en Bogotá. La intuición de Claudio y los escasos e infelices comentarios de la tía Marta sobre el hijo único de doña Amparo y don Felipe, "venezolanos de segunda generación, nietos de inmigrantes españoles que llegaron a Venezuela en busca de fortuna", le pintaron con toda claridad el menosprecio de su familia bogotana por sus parientes políticos venezolanos. Se instaló entre unos y otros una distancia que al parecer jamás se cerró. Y, sin embargo, como al destino le gusta jugar con quienes se creen en control de sus vidas, la tía Marta terminó casándose en primeras nupcias con un bogotano que había escogido como hogar... a Caracas.

Claudio piensa que debía haber mostrado más interés por la historia de su familia. Una vez oyó decir que las fotografías son el vehículo de las emociones; las del sujeto fotografiado y también del espectador. Las de él revoloteaban en una danza intranquila buscando "historia", traspasar el umbral del tiempo y reconocerse en las caras de sus antepasados.

Otro álbum muestra fotos de un Augusto joven con un grupo de amigos en una playa, en un café, en una fiesta... Era un tipo alto, buen mozo y de sonrisa fácil. Su cabellera leonada reflejaba el color de la juventud. Destacan nombres que llaman la atención de Claudio. Los reconoce como el grupo de pioneros que creyó en la potencialidad de Guayana y en su futuro como generadora de hidroelectricidad utilizando el enorme caudal de sus ríos. Claudio se pregunta si serían estos quienes le contagiaron su entusiasmo por este vasto territorio donde todo estaba por hacer.

Claudio echa para atrás la cabeza y entrecierra los ojos. Recuerda las historias que su abuelo le contó sobre las obras del Guri, "Para que aprendas a reconocer la grandeza de esta tierra y de sus hombres. De quienes apostaron a una Venezuela rica, bondadosa y productiva." La familiaridad con que hablaba de ellos tenía el sello innegable de las amistades que se fraguan en la juventud y que perduran de por vida. Con voz emocionada le contó cómo Ingenieros, biólogos, lugareños e indígenas, todos por igual, ejecutaron las obras de rescate y reubicación de la fauna que hacía vida en el espacio que pronto estaría cubierto por las aguas del embalse, y de esta manera evitar que murieran ahogados. "Así reubicamos, -porque yo también participé-, jaguares, dantas, osos hormigueros, y muchas especies más." A Claudio le entró una enorme tristeza. Estos héroes estaban tan muertos como su abuelo y su gesta olvidada, gracias a la estupidez y mezquindad de este gobierno y su presidente que declaman que Venezuela no tiene otra historia diferente a la que ellos validan. «¡Qué manera de perder nuestra identidad!»

Fotos de boda de los abuelos, rodeados de amigos y familiares. La abuela joven con su velo de novia que apenas le cubría una cabellera larga y rizada. Un rostro de porcelana en el que destacaban unos ojos vivaces y enamorados. ¿Cuáles entre todos serían sus parientes bogotanos? Tendría que mostrárselas a Teodosa. Ya en Guayana, fotos de Augusto, vestido con caquis y botas de goma, sujetando un becerro, mientras Dos Santos se preparaba para marcarlo con el fierro quemador; la llanura atrás, todavía virgen y atenta a los planes del intruso. Emiliana con su hijo en la cocina revisando recetas, mientras Teodosa servía el café. Los peones de la hacienda comiendo carne asada con el patrón. La cotidianidad de un futuro en el hacer.

Claudio saca los últimos dos tomos. El primero con fotos de la boda de sus padres, brindando por un futuro que el destino truncó a medio camino. Le sorprendió el parecido físico con su padre, en todo salvo en la mirada. Los ojos color miel le hablaron de curiosidad y de una sed de aventura por la vida; tan diferente a los suyos, con su mirada de empresario sensato y acompasado. La mirada azul de su madre le recordó sus abrazos, cálidos y oliendo a lavanda. Hubiera querido verlos envejecer. Y, sin embargo, habían dejado en él la huella indiscutible de un ojo color miel y el otro azul. Siguen escenas familiares donde ya aparece. Sentados a la gran mesa del comedor, brindando por algún aniversario. Su mamá leyendo en el corredor, mientras su abuela teje. Él y su papá abriendo los regalos de Navidad al lado del inmenso pesebre que la abuela Emiliana montaba todos los años, incorporando cada vez nuevas figuras al Belén.

El último álbum se quedó por la mitad. El final de una familia feliz marcado por la esquela de participación de la muerte de sus padres y su hermano.

TEODOSA

- ¿Qué haces, vieja?

-Aquí, pensando...

Dos Santos la conoce demasiado bien para insistir en una respuesta. Hablará solo cuando esté dispuesta a hacerlo. Con un largo suspiro se sienta a su lado en el corredor que da hacia la parte de atrás de la pequeña casa que el patrón les regaló hace -así le parece a él- un mundo de años.

-Los días se me hacen cada vez más largos.

-Es que las noches son más cortas, viejo. Ahora dormimos menos, pero al final la cuenta sale igual.

Se quedan un rato viendo la tarde caer. El silencio no es un problema entre ellos, sino un espacio conocido y compartido. Su negra sufre y eso lo tiene descompuesto. Su propio dolor lo asume como uno más en el largo camino de separaciones y muertes. Les ha resultado dura esta vida y a veces solo pensaba en dejarse ir, pero no la dejaría sola, todavía no. Puso su mano sobre la de ella y así se quedaron un tiempo más, hasta que Teodosa se volteó hacia él y dijo:

-No sé si Claudio va a poder con el coroto. No tiene relación con todo esto y no tiene la piel del baqueano. Nada es blanco y negro, bueno y malo como lo era antes. Antes con solo trabajar duro y ocuparte de lo tuyo, sabías dónde pisabas. Ahora las cosas suceden tan rápido, tantos cambios...

-Así era tu mundo, vieja, pero el muchacho ya tiene casi cuarenta años. ¿Crees que allá donde vive no pasa igual o peor? Parece inteligente y algo del abuelo habrá heredado. Dale tiempo.

- ¡Qué vaina, mi viejo! ¿No entiendes que tiempo es lo que no tenemos? Ya han venido dos veces a husmear por aquí. Le tienen el ojo puesto a esto y no tardarán en presentarse, siguiendo órdenes de expropiar o invadir, llámalo como quieras, es igual. Además, el asesinato de Juan Pablo no va a pasar por debajo de la mesa, ni yo quiero que se olvide. Quiero justicia, aunque la tengamos que tomar en nuestras manos y no estaríamos solos, porque mucha gente lo quería. Además, para colmo, no logro que Santos entre en razón. Estamos montados encima de un polvorín. Mañana voy al pueblo con Felicia. Pienso pasar por la policía a ver qué rayos están haciendo para encontrar al culpable.

-Teodosa, habla con el patrón primero.

- ¡No era su hijo sino el mío, carajo! –Y hasta ahí llegó la conversa.

Dos Santos se quedó un tiempo más. Ya era de noche. No vale la pena tratar de convencerla de lo contrario; ya lo sabe él de sobra. Teodosa había guardado su dolor y sus lágrimas y en ella empezaba a bullir la guerrera. Malos tiempos se avecinan. Siempre fue terca. Hace veintitrés años tampoco pudo convencerla, para que se quedara en vez de irse a Caracas con la tía Marta y Claudio, después del funeral del patrón. Lo dejó en Tres Ríos con sus tres hijos prometiendo regresar "en cuanto el muchacho esté encaminado." Pasaron cinco años y a pesar de que se hablaban por teléfono todas las semanas, esto solo era un débil consuelo para sus noches solitarias. Cuando regresó ya su hijo menor había cumplido los doce años. Su boca le dijo, "he cumplido" y sus ojos prometieron no volver a dejarlos.

La encontró diferente y temió que su relación no volviera a ser la misma. La capital cambiaba a la gente y su Teodosa le contaba deslumbrada el gentío en las calles, los autos de todos los colores y tamaños que transitaban por sus avenidas, los edificios altísimos que parecían hechos de espejos y las mujeres caraqueñas coquetas y sonreídas se paseaban en busca de nuevas conquistas. Cuando el marido de la tía Marta estaba de viaje, la acompañaba de vez en vez a ver alguna película o visitar uno de los museos que a la bogotana tanto le gustaban. Intentó introducirla en el mundo del arte, pero hasta allí llegó Teodosa. El arte colonial le pareció triste y del moderno solo le gustaron los colores. Le dijo a Dos Santos, "la tía Marta es más tiesa que palo 'e escoba, pero me obligó a ir a una escuela y gracias a ella aprendí a leer y escribir."

Sin embargo, ya de vuelta en la hacienda, no pareció que le hacían falta las cosas de la ciudad. De inmediato, tomó las riendas de la casa lo que significó un alivio sustancial para él que más de una vez se desesperó al tener que lidiar con los campos, la casa y los hijos a un mismo tiempo.

Mientras tanto, en la cocina de la hacienda, Teodosa prepara la cena y manipula las ollas con furia. Es verdad que sabía leer y escribir y muchas cosas más, hasta le metía un poco a la computadora, pero era supersticiosa hasta más no poder. ¡Cómo la hubieran gozado los exponentes del realismo mágico! Hace unos días le había dicho a Felicia:

- Ya me haré cargo yo porque con Dos Santos no cuento para estas cosas, y una buena maldición les voy a echar a esos policías de mierda, si no se esmeran en buscar al asesino de Juan Pablo. No quedará piedra sobre piedra, pero aparecerá, eso lo juro por los huesos de mis hijos muertos.

Claudio bajó las escaleras ojeroso y de malhumor. Había pasado una noche pésima entre sueños y pesadillas. Además de lidiar con esta nueva realidad, hoy tendría que hablar de nuevo con sus socios en Caracas, a quienes había dejado espantados al anunciar que su estancia en Guayana se alargaría más tiempo de lo pensado. Entró en la cocina esperando hablar con Teodosa, pero solo encontró una habitación vacía. Sobre la mesa, su desayuno dispuesto y una nota escrita en el garabato infantil de su nana apoyada contra el vaso de jugo de lechosa, y que decía escuetamente: "Fui al pueblo con Felicia, regreso al mediodía. Teodosa".

Lo que Claudio no puede imaginar es el objeto de la visita al pueblo. En ese mismo instante, Teodosa y Felicia se apeaban de la vieja camioneta que conduce Dos Santos. Este insiste en esperarlas, pero Teodosa le dice, tajante:

-No te quiero por aquí. Regresa por nosotras al mediodía. Y, sin más, se da media vuelta y sigue camino.

La casa de Rosalinda ha visto mejores días. A pesar de la evidente pulcritud, las paredes están desconchadas y las telas de los muebles gastadas y descoloridas. Ha envejecido como su dueña y aunque esta es mucho menor que Teodosa, no ha dejado de experimentar su dosis de pérdidas y su cabeza completamente blanca es testigo del duro pasar de su vida. Debía intuir a lo que iba Teodosa y se la nota tensa.

- ¡Bueno, mijita, parece que hubieras visto al mismísimo! ¿No me vas a invitar a un café?

-Claro, Teodosa. Ve a colar cafecito nuevo, Felicia. Siéntate, llevabas tiempo sin venir.

A Teodosa le dio lástima su clara incomodidad. Tenía la costumbre de parar y tomarse un café con su amiga la farmaceuta, cuando pasaba por el pueblo y luego continuó el ritual con su hija Rosalinda. Pero hoy ella iba con un propósito firme y fiel a su costumbre de hablar "sin pelos en la lengua", le espetó:

-Sabes a lo que vengo. Quiero que me cuentes qué se dice del asesinato de mi hijo, antes de pasar por la policía a ponerlos en tres y dos. ¿Sabes quién lo mató? Es lo único que me interesa, porque las "razones" nada me importan. Jamás las aceptaré.

Felicia entró con el café. Las dos amigas se miraban en silencio. Teodosa no desistiría y su madre en verdad se encontraba entre la espada y la pared. A Rosalinda, el asesinato de Juan Pablo le repugnaba, pero ella es parte de este pueblo que ahora vive en medio de una guerrilla, donde ya la sangre ha llegado al río. Ya todos deben saber que Teodosa está en su casa y a nadie le cabe la menor duda sobre la razón de su visita.

-Vieja, los tiempos están revueltos y peligrosos. Hay gente nueva entre nosotros que busca el poder a cualquier precio y han envenenado a algunos de nuestros muchachos, entre los que se cuenta Santos, tu hijo. Muchachos sanos que conocemos desde que nacieron y que se han dejado llevar por esta supuesta revolución que no ha traído sino descontento y confusión.

- ¿Descontento y confusión? ¿Así llamas el asesinato? Déjate de pendejadas y dime de frente, si sabes o no quién mató a mi muchacho.

-No lo sé. Se acusan los unos a los otros y nada está claro.

- ¿Me lo dirías si lo supieras?

- ¿Estás poniendo a prueba mi amistad?

-Tu lealtad. Debo saber con quién cuento.

«Así están las cosas. Ha llegado el momento de la verdad. Sin medias tintas.» Rosalinda piensa en su vejez, en su casa, en su hija y en su nieta que pudieran ser objeto de represalias. Piensa también que a estas alturas de su vida no quiere formar parte de la maldad y que no le queda otro camino, que asumir con coraje esa lealtad hacia su amiga y hacia sí misma.

-No te voy a negar que tengo miedo, pero te doy mi palabra de avisarte si sé algo concreto. Por ahora solo son rumores. En confidencia, te digo que se habla de uno de los nuevos, aquel que llaman el Cojo Régulo. El desalmado no debe tener ni apellido, pero no te vayas de bruces que es un bicho malo y nada está comprobado.

-Decía mi abuela que no hay tuerto ni mocho bueno.

-Es cojo.

-Da igual, es lo mismo. ¿Lo conozco? No lo ubico.

-El día que se cruce en tu camino, lo reconocerás. Ojalá nunca suceda.

- ¿Es el que lidera la invasión de las haciendas?

-Sí. Y Teodosa… trata de alejar a Santos de ese grupo. Nada bueno le va a traer.

-Ese es el otro asunto, que no me deja dormir. Me voy, Rosalinda. Si en algún momento necesitas refugio, ándate para la hacienda.

-No pienso mudar mis huesos de sitio, vieja. Solo te pido que cuides a Felicia y a mi nieta. Estaré bien si sé que están a salvo.

-Las cuidaré. ¿Vienes, Felicia?

-No, Teodosa. Me quedo un rato más con mamá y nos encontramos en la plaza al mediodía para esperar a Dos Santos.

Teodosa decidió dar una vuelta por el pueblo a ver con quién se cruzaba. «Es posible que no me digan nada. Tendrán miedo, pero en sus ojos veré si saben algo.» Y, tal cual pasó. La saludaban con cariño y con respeto, pero seguían su camino a paso rápido. Necesitaba respirar profundo. Era consciente de su carácter impulsivo y lo poco que este aportaría a la situación. Por eso, al llegar a la Plaza Bolívar se sentó en el banco opuesto a la Prefectura. La mano derecha la tenía apretada en un puño, mientras que los dedos de la izquierda tamborileaban impacientes la madera desconchada del banco. Pensó en Alcides… el representante de la ley, ¡ja! La puerta de la Prefectura estaba cerrada; también se mantenía cerrada la pequeña ventana de dos hojas detrás de las rejas color azul añil. Era evidente que sus habitantes no tenían la menor intención de involucrarse en el escabroso tema de dar con el asesino de Juan Pablo.

Cerró los ojos, un largo y sonoro suspiro se le escapó, mientras que en los recónditos espacios de su memoria surgieron las imágenes de una Teodosa adolescente, separada por primera vez de su familia y de la casa donde su madre y su tía trabajaban para doña María del Pilar Granados de López y Madriz, la madre de Emiliana. A la joven Teodosa, le gustaba Bogotá más que la hacienda familiar en Puerto Salgar a sesenta minutos de la capital, donde ella y sus dos hermanos vivían y cuidaban de la granja, que surtía de hortalizas y frutas de temporada la casa de Bogotá. Al cumplir los trece años, pasó a formar parte del servicio doméstico en la capital. Por las mañanas, limpiaba los apartamentos privados de los dueños para luego ayudar a su madre en la cocina. Su momento del día más feliz eran las dos horas que le permitían descansar y ella aprovechaba para pasear por las calles admirando embobada los coches, las mujeres elegantes y las vitrinas de las tiendas de lujo que una tras otra competían por mostrar lo mejor de la moda europea.

Y así pasaron dos años hasta que un día doña María del Pilar la llamó para informarle que había decidido enviarla a Venezuela para que acompañara a Emiliana y la ayudara a cuidar al hijo por nacer. Le asustaba hacer vida lejos de su madre en una tierra extranjera, en una hacienda "perdida en la nada y solo rodeada de selva, animales salvajes y hombres maleducados", según le había oído decir a su ama con demasiada frecuencia. Pero su madre le dijo que solo le quedaba obedecer y entre lágrimas y bendiciones, Teodosa emprendió camino a la hacienda Tres Ríos.

Al principio, los lugareños la aceptaron con recelo, al contrario de Emiliana, quien sintió el consuelo de tener a su lado a la jovenzuela que hablaba con su mismo sonsonete y además le contaba historias de su familia cuyo afecto extrañaba profundamente. A Teodosa, la tristeza le duró hasta el día en que se encontró de frente con Santos Fermín. Él le sonrió y a ella se le abrieron los cielos de Guayana por primera vez.

En pie de guerra entró Teodosa en la Prefectura. Al menos se ha armado de una coraza de propósito y valentía. Por dentro va la procesión. No es ajena al miedo que le inspira la misión que se ha impuesto. Sabe que los "viejos" del pueblo se mantenían en estado de alerta, pues estaban conscientes que la cosa se pondría fea más pronto que tarde. Reducidos a la condición de huérfanos acobardados por la violencia de los "nuevos", solo esperan el desarrollo de los acontecimientos.

-Buenos días, Capaya. ¿Dónde está el sargento Alcides?

Capaya baja la cabeza y la mira por encima de los lentes posados en la mera punta de la inmensa nariz que domina su cara curtida de viejo baqueano. La conoce desde que llegó a Río Fuerte para el nacimiento de Carlos Blanco y le tiene afecto, pero su olfato le dice que este asunto va a tener consecuencias que los arropará a todos. No se trataba de dar con un malhechor solitario, sino que ha llegado el momento de tomar posiciones y recuperar el pueblo o asumir la derrota de una vez por todas. Capaya también prevé lo poco decisiva que será la posición de su sargento pues este no estaba hecho de madera recia, sino más bien de una arcilla fácilmente moldeable por la mano que ejerza el poder del momento.

El sargento Alcides supo de la llegada de Teodosa al pueblo desde el mismo momento que puso pie en la Plaza Bolívar. También supo de su visita a doña Rosalinda. Ahora está aquí y le toca a él lidiar con una vieja enfurecida y empecinada en obtener justicia para su hijo muerto. Y tanto que se ha esforzado en evitar enfrentamientos con los "rojos, rojitos", como se autoproclaman los seguidores del presidente.

-Pasa, Teodosa. ¿Te ofrezco un cafecito?

-Gracias, pero no. Acabo de tomar uno en casa de Rosalinda y prefiero ir al grano.

-Muy bien, ¿en qué puedo serte útil?

Alcides aprieta la boca en una mueca de irritación. Se lo ha presentado a Teodosa en bandeja de plata.

-Puedes serme útil encontrando al asesino de Juan Pablo.

-Ya sabes que estas cosas toman tiempo. Estamos en proceso de averiguación de los hechos.

-Yo seré vieja, Alcides, pero no estúpida. Así es que no me trates como tal. Este es un pueblo pequeño, casi un caserío, y todos sabemos quién es quién. Entre "viejos" y "nuevos" no llegamos a las cuatrocientas personas. Prefiero pensar que no sabes todavía el nombre del asesino, pero quiero que sepas que no te dejaré tranquilo hasta que esté tras las rejas de esta cárcel y tiradas las llaves. No soy demasiado paciente y como tarde o temprano todo se sabe aquí, quiero que estemos claros en que, si tú no actúas, yo me encargaré a mi manera.

Ante la cara de asombro y preocupación del sargento Alcides,

Teodosa le dio los buenos días y salió rumbo a la plaza para encontrarse con Felicia y regresar a la hacienda.

REENCUENTRO CON FELICIA

Mientras Teodosa y Felicia preparan el almuerzo, oyen la conversación un tanto alterada que Claudio sostiene con alguien en Caracas. Se imaginaron que debía ser con alguno de sus socios, pues Claudio terminó la llamada diciendo:

-No puedo regresar todavía, Carlos Alberto. Esto está muy revuelto y debo hacerme con la situación antes de decidir qué hacer con la hacienda. Supongo que ya habrán procedido a cerrar las tres empresas acordadas y tendremos que esperar a ver qué sucede con este nuevo vacío de poder antes de tomar otras decisiones. Si consideras que debemos hablar en persona, te invito a que vengas con quien te parezca más conveniente este próximo fin de semana. Avísame si así lo deciden.

Almuerzan los tres, cada uno en su espacio de silencio, viendo pasar las imágenes de sus mundos paralelos. Claudio ha insistido en que no quería volver a comer solo en el comedor. Salvo el desayuno en que no coincidían sus horarios y tareas diversas, se sentaban a la mesa de la cocina todos menos Dos Santos que, por alguna razón conocida solo por él, nunca los acompañaba.

Ya en los postres, Claudio preguntó:

- ¿Y qué fueron a hacer al pueblo, Teodosa?

-Tenía asuntos pendientes. ¿Qué está pasando en Caracas?

-Que el presidente está enfermo, según sus propias declaraciones esta mañana desde La Habana. Algunos dicen que es grave y otros que son inventos al estilo Fidel para que repunte en las encuestas por vía de la lástima. Todas son especulaciones, pero lo cierto es que, en vez de hacerse tratar en su país por médicos venezolanos, lleva quince días en Cuba y el desconcierto aquí es total. Ya empezó la pugna por el poder entre sus seguidores... y el país aún más a la deriva. Si se muere, me pregunto qué pasará con el chavismo y con sus seguidores que no estarán dispuestos a dejar el poder; estaríamos frente a una transición corta y violenta. Y si es mentira, la patraña consolidará su imagen de superhombre capaz de vencer cualquier adversidad, inclusive el cáncer que dice tener, a menos que se descubra la mentira.

Estuve hablando largo rato con Dos Santos esta mañana y me puso al día no solo de las finanzas de la hacienda, sino de las invasiones y expropiaciones de fincas en los alrededores. Por aquí han pasado ya dos veces y no tardarán en volver, pues la incertidumbre en torno a la salud del presidente solo incitará más los ánimos y la codicia por lo ajeno. Ya no hay tiempo para tomárselo con calma e ir invitando a los del pueblo uno por uno. Dile al viejo que convoque para mañana. Veremos quién aparece.

A las 5:30 de la tarde, apareció Felicia en el salón con un cafecito y una bandeja de galletas de avena recién horneadas. Claudio levantó la vista de los papeles que estaba revisando y esperó a que hablara. Es evidente que tiene algo que decir. Felicia mordisquea una galleta –no sabe muy bien por dónde empezar y ni siquiera está segura de que sea una buena idea contarle sobre las intenciones de Teodosa y su visita al pueblo.

- ¿Por qué no caminamos hacia el río? Pronto refrescará y llevas toda la tarde sumergido en esos papeles. Te hará bien tomar un poco de aire.

-Pero sin cuentos de camino. Que, si el río habla, que si tiene un secreto.

Felicia lo miró y soltó una risa profunda que a Claudio se le antojó seductora. Se había cambiado los blue jeans por una falda blanca y vaporosa que se arremolinaba alrededor de sus largas piernas a medida que caminaban y aumentaba la brisa. Una camiseta sin mangas a rayas blancas y verdes dejaba insinuar unos pechos pequeños y firmes. Calzaba unas alpargatas sin punta por donde asomaban unos dedos pulcros y bien cuidados. Su cabello suelto y espeso lo sostenía una bandana blanca, que enmarcaba un rostro sin afeites de ningún tipo en el que predominaba una boca de labios plenos que le produjo a Claudio un cosquilleo recordatorio de la semana sin cama que estaba pronto a cumplir. «¿Este atuendo será un intento de coqueteo?» Por más que su manera franca y sencilla denotara todo lo contrario, Claudio se vio deseando un encuentro de otro tipo con la bella Felicia de piel color canela, que no le teme al sol.

Ya sentados al borde del río, pasaron unos minutos antes de que Claudio le dijera:

- ¿Me parece que tu idea de un paseo es porque tienes algo que contarme?

Y Felicia le contó en detalle la conversación de Teodosa con su madre esa mañana en el pueblo.

-No sé qué ocurrió en la Prefectura, porque me quedé un rato tranquilizando a mamá, pero me lo puedo imaginar. Durante el camino de regreso Teodosa no abrió la boca y yo no quise preguntarle nada delante de Dos Santos. Además, ya estoy acostumbrada a que ella habla solo cuando quiere y cuando no, es mejor no insistir.

-No entiendo por qué no me dijo para que las acompañara.

-Creo que está convencida que este no es tu problema, sino suyo.

-Sí, pareciera que me he ganado a pulso la distancia que todos marcan conmigo. Demasiados años sin venir.

-No todo se resuelve con dinero, Claudio. Si tuviéramos más tiempo la gente se iría acercando poco a poco. Para ellos eres un extraño y además el dueño de todo esto.

-Yo no he dicho que pienso irme mañana. ¿Sientes que quieren que me vaya de nuevo? ¿Tú quieres que me vaya?

Felicia se volteó para mirarlo de frente. Claudio quiso pensar que sus ojos decían mil cosas íntimas, pero de su boca salió:

-No sé si quiero que te vayas. Aunque te irás más pronto que tarde. Tu mundo no es este. Tu presencia me... turba. Me encantaría conversar contigo de tantas cosas. Los seis años que pasé en Caracas me abrieron los ojos y el apetito por un mundo diferente al del pueblo. Y cuando tuve que regresar, esa ventana se cerró de sopetón. Ya en la hacienda y en el pueblo lo que queda son viejos y unos cuantos niños. Los jóvenes se fueron por ahí hace tiempo a buscar fortuna y los que quedan están liados con esta gente nueva con quiénes no quiero relacionarme en absoluto. Me dan miedo.

Ante la mirada de interrogación de Claudio, ella solo respondió, "en otro momento te contaré mi historia".

Felicia jugaba a hacer figuras geométricas con un montón de piedras de río. Sus manos se movían ágiles con cierto nerviosismo. Claudio no resistió la tentación y posó su mano sobre las de ella. Ninguno de los dos levantó la vista. Pisaban terreno desconocido.

-Perdona –dijo Claudio, retirando su mano.

-Mejor vamos regresando, se hace de noche y el último loro acaba de pasar.

- ¿El último loro?

Una bandada de loros había pasado rasante por encima de sus cabezas, un último loro guardaba la retaguardia.

- ¡Sí que te falta un trecho para hacerte con esta tierra de nuevo! ¿Tu abuelo nunca te dijo que al ver pasar el último loro había que echar a correr?

-Pues no recuerdo este cuento...

-No es ningún cuento, el último loro es la señal de que en muy pocos instantes seremos engullidos por una densa nube de jejenes que pican como el demonio, así es que ¡a correr!

Entre risas y cogidos de la mano corrieron hacia la casona. Desde la ventana de la cocina Teodosa los vio llegar, mientras sacudía la cabeza asombrada y pensó, «¡Jesús bendito, solo esto nos faltaba!»

No lejos de allí, Santos estaba sentado al borde del río, removiendo el agua con los pies descalzos. Pensó que este río no le pertenecía a los Blanco y que él tenía tanto derecho a disfrutarlo como el estirado de Claudio. Desde la muerte de Juan Pablo le daba vueltas la cabeza y estaba lleno de emociones encontradas. Rabia, dolor, impotencia, desencanto, todas se disputaban con igual fuerza el protagonismo en su corazón. Había creído en la Revolución. Había creído que esta traería un futuro mejor para el país. Pero veía el camino de sus ilusiones sembrado de violencia y odios en vez de trabajo y prosperidad. El vil asesinato a sangre fría de su hermano había arrancado a jirones su fe en la Causa.

Se sentía en un limbo que marcaba un terreno incierto entre los dos bandos. No podía olvidar la cabeza ensangrentada de su hermano y esto lo distanció del Cojo Régulo. ¿Representaba este la manera de hacer valer la Revolución? Si era así, no le quedaba otra que abandonar. Pero, y del otro lado, ¿a quién tenía? ¿A los hacendados? ¿Al necio de Claudio Blanco?

Su resentimiento en contra de los Blanco del mundo creció y subió caracoleando por sus tripas, hasta llegar a su boca con el sabor amargo de la bilis. Don Justo, entre latinazgo y latinazgo, le había advertido que los resentimientos son peligrosos, porque nunca llegan solos y no cesan hasta rescatar de la memoria el poderoso ejército de envidias y malos pensamientos que todo lo engulle. Hoy estaba a la merced de todos sus resentimientos.

Acababa de llover y el olor a tierra húmeda lo invadía. ¿Olerá igual en otros países? Recuerda a Teodosa yéndose a Caracas después de la muerte de Augusto Blanco, a cuidar del huérfano ricachón, dejándolos a que se apañaran solos. Recuerda también las dos veces que Dos Santos lo envió a la capital a visitar a su madre, la indiferencia de Claudio, que pareció no percatarse de su presencia ni para dar los buenos días. Teodosa lo excusaba, "es un muchacho muy estudioso… es muy callado… lo ha perdido todo… es mucha la diferencia de edad entre ustedes…". Pero Santos sabía que los ocho años que Claudio Blanco le llevaba, no eran la única razón de la distancia entre ambos. Pertenecían a mundos diferentes y hoy, ya cumplidos los treinta años, Santos seguía pasándole factura por la ausencia de su madre durante aquellos años, por el cansancio de su padre y el abandono de la hacienda. A su manera de ver, los años ausentes del país no lo excluían de pertenecer a una clase social, que no había querido reconocer a tiempo las señales de peligro que evidenciaban la indiferencia de una élite social y política que se mantuvo a espaldas del resto del país.

Santos había soñado con un país mejor. Había soñado con cultivar la tierra, formar una familia, ver crecer sus hijos en un escenario pleno de nuevas oportunidades. De vez en cuando sacaba un libro de la biblioteca de Augusto Blanco, de biografías de hombres con visión, libros que relataban la historia de otras revoluciones que habían terminado mal. Se había negado a creer que la suya sufriera el mismo destino. Pero habían pasado muchos años, desde que Chávez llegara con sus promesas de abundancia e igualdad social. El país había entrado en un proceso de caos y descomposición, en bandos irreconciliables; venezolanos que emigraban dejando atrás el vacío de generaciones productivas. Y la violencia había hecho presencia permanente, la misma que acabó con la vida de sus dos hermanos y que ahora lo obligaba a ver la realidad de un camino que se hacía cada vez más estrecho y oscuro.

EL CAMINO DE LA REVOLUCIÓN

El Cojo Régulo estaba sentado sobre una caja de madera fumando un porro en la parte trasera de la bodega del pueblo. Casimiro, pronto a cumplir los ochenta años y dueño del lugar que a la vez servía de bar, tomó aire y continuó haciendo inventario de la poca mercancía que le quedaba, mientras uno de los compañeros del Cojo cargó con una gavera de cervezas sin pedirle permiso. Su depósito se había convertido en la guarida de los "nuevos" y estos aprovechaban su despensa, dejando luego la basura y restos de comida sin recoger. La indignación lo carcomía por dentro y cada tarde, mientras recogía la suciedad para evitar que las ratas también se burlaran de él, se decía que al día siguiente los echaría a todos, pasara lo que pasara.

Los demás estaban sentados en el suelo, algunos comiendo, otros fumando, y todos excepto Santos bebiendo cerveza. El Cojo se acariciaba su pierna tiesa, mientras le corrían ríos de sudor que bajaban desde su inmensa cabeza rapada, hasta perderse debajo de la camiseta, alguna vez blanca, y ahora invadida por feas y oscuras manchas. Con el dorso de la mano, se limpió el sudor del cuello que luego se limpió en el pantalón caqui.

- ¿A quién coño se le ocurrió escoger este lugar de mierda para nuestras reuniones? Hace un calor que no se aguanta. Todas las cabezas se voltearon hacia la esquina donde se encontraba Santos.

-El viejo Casimiro fue el único que nos aceptó... y, además, ¿de qué te quejas?, encima tienes comida gratis.

-Mira, chamo, bájale dos, llevas unos días bien malhumorado y eso no me sirve, le espetó el Cojo.

- ¿Que no te sirve? ¿Que no te sirve, dices? Fuiste tú el que nos metió en este lío al matar a Juan Pablo... y, además, era mi hermano y yo lo quería.

-Sí, es verdad, se me olvida a veces que era tu hermano, pero no estaba con la Causa y bastante vaina que echó.

-Pues empiezo a tener mis dudas sobre la "Causa". Para mí, no justifica el asesinato.

-Se hace lo que se tenga que hacer, siempre hay bajas en una guerra -le contestó el Cojo mirándolo con los ojos fríos de un lagarto- y si no te gusta como llevo las cosas, ¿qué vas a hacer? ¡Cuidado, que no acepto traiciones!

Santos se paró como impelido por un resorte. Se acercó hasta el Cojo, quien a su vez se puso también de pie. La tensión en el cuarto se podía cortar con cuchillo. Se miraron largo rato sin pestañear, luego Santos dijo muy lentamente:

-Aquí el único traidor eres tú. Cuando llegaste al pueblo con tus ínfulas de líder revolucionario, acordamos que la Causa se ganaría sin violencia. Me largo. Y veremos cómo te irá enfrentándote a Teodosa, porque aquí todo se sabe tarde o temprano y ella te estará esperando en la bajadita.

- ¿Te atreves a decir que la vieja de tu madre podrá conmigo? Con un movimiento rápido y preciso, el Cojo lo agarró por la muñeca. Su boca dibujó una mueca que aparentaba una sonrisa burlona, pero los ojos contaron otra historia, retadora y peligrosa. Le soltó la muñeca y dándole la espalda le dijo: "Anda a echarte un poco de agua fría en esa cabezota. Y mañana no me falles, porque el maricón de Claudio Blanco ha invitado "a un cafecito" a quienes quieran ir y no vamos a decepcionarlo, ¿verdad, muchacho?"

Santos salió de la bodega dando un portazo que hizo temblar la vidriera, pero no tanto como el temblor que le recorrió el cuerpo a don Casimiro.

REUNIÓN EN TRES RÍOS

Claudio no había dormido bien. En sus sueños se intercalaban imágenes violentas de personas sin cara y cuerpo ensangrentado, con visiones de una Felicia semidesnuda que lo incitaba a poseerla. No tenía claro cuál de las dos películas lo inquietaba más. Pensó que hoy sería un día difícil. La conversación con Felicia sobre las intenciones de Teodosa de ajusticiar, si fuera necesario, al asesino de Juan Pablo y las noticias cada vez alarmantes sobre la enfermedad del presidente y el vacío de poder que resultaba evidente, no hacía sino escalar la tensión que se respiraba, aun en este apartado lugar del país. No tenía la menor duda que los ánimos se caldeaban día a día y la reunión de hoy podría muy bien terminar en desastre. No había tenido tiempo de hacerse del todo con la situación de la hacienda y tampoco había podido establecer contacto con los hacendados de los alrededores, ni con la gente del pueblo. Lo que sí tenía claro es que la amenaza de expropiación o más bien invasión de Tres Ríos parecía inminente.

La noche anterior le había pedido a Dos Santos que colocara cuarenta sillas en el corredor principal, a la espera de que alguien aceptara su invitación a tomar café, conversar y establecer un primer gesto de acercamiento. Había hecho una invitación abierta sin distingo de bandos políticos. Se dijo que sería interesante ver quiénes aparecían.

Bajó a desayunar y, para su sorpresa, además de Felicia y Teodosa, se encontraba también Dos Santos, que lo miró de arriba abajo y salió a toda prisa de la cocina. Claudio dio los buenos días con un ánimo que no sentía y preguntó qué le pasaba al viejo. No hizo falta una respuesta, pues Dos Santos había regresado y, sin decir palabra, le extendió unas botas de goma y una camisa caqui que habían visto mejores días.

-Está bien, viejo. Ya comprendí. Déjame desayunar y me voy a cambiar.

Dos Santos señaló el reloj que Claudio llevaba. A buen entendedor, pocas palabras. Cuando terminaron el desayuno Claudio quiso pasar revista al corredor y se asombró al ver la distribución de las sillas, puestas en dos grupos con una isla central separándolos.

- ¿Y esta distribución?

-Pensé que así podrá distinguir un bando del otro, patrón.

-Haz un solo grupo de sillas, viejo. Lograré distinguir los bandos, no te preocupes. No quiero ser yo quien de entrada reconozca el conflicto. Veamos quién se va de bruces primero. Faltan todavía unas horas, voy a caminar un poco por ahí.

Claudio se dirigió hacia el río. A lo lejos, pudo distinguir a Felicia sentada con la espalda recostada contra el tronco del gran árbol, acariciando la cabeza de una niña que supuso sería su hija.

-Hola, Felicia. ¿Es tu hija?

- ¡Hola! Mariángel, saluda a Claudio.

-Buenos días, don Claudio.

-Claudio no más. Espero ser tu amigo. ¿Cuántos años tienes?

-Nueve y ya voy al colegio.

- ¿Y por qué no estás en clase? Hoy es día de semana.

-Mamá me dijo que era mejor quedarme por aquí.

-Anda a ayudar a Teodosa a preparar el jugo, querida. Yo te sigo en un ratico.

- ¿Quiénes vienen a tu reunión? Mamá, ¿puedo estar ahí contigo?

-No es mi reunión Mariángel, sino de Claudio. Y ya te dije que en cuanto empezaran a llegar sus invitados, debías irte para la casa de Teodosa y quedarte allí hasta que yo vaya a buscarte. ¿Estamos de acuerdo?

-Sí, mamá. Y con eso salió rumbo a la casa.

- ¿Estás preparado para lo que venga? Dependiendo de quién aparezca se puede poner bastante desagradable.

-No te preocupes, he llevado grupos muchos más grandes que este.

-No son empresarios, Claudio, y los ánimos están al rojo vivo.

-Estoy consciente de ello y trataré de mantener las cosas dentro de un ambiente de cordialidad.

La expresión de Felicia dio a entender que le parecía un imposible. Los dos callaron hasta que Claudio rompió el silencio:

-Felicia, no sé qué irá a pasar aquí ni cuáles serán las decisiones que finalmente tomaré en cuanto al futuro de la hacienda. Me hubiera gustado tener más tiempo a mi favor. Pase lo que pase, me gustaría conocerte mejor. Tu franqueza y frescura me conmueven, es algo que no suelo encontrar en mi mundo cotidiano. Quiero que me cuentes de tu vida, de tu hija, de por qué regresaste a Guayana en vez de quedarte en Caracas. Y no entiendo el por qué me resulta tan imperativo que pueda contarte la mía...

-La verdad es que le das muchas vueltas al asunto, Claudio. Para mí todo es más sencillo. Nos sentimos mutuamente atraídos... y nos dan miedo las consecuencias. Y soltó esa risa que a él se le metía en el cuerpo.

- ¿Te causa risa?

-No me causan risa tus sentimientos, ni los míos. Es más bien una manera de liberar la tensión que siento. La risa es mi medicina preferida y me ayuda a limitar el espacio que ocupan mis miedos y preocupaciones.

Claudio no supo qué contestar. ¿Se daba ella cuenta de su poder de seducción? ¿Y que este se originaba justamente en su honestidad al decir las cosas como las sentía? Él había tenido relaciones con muchas mujeres, pero su atractivo dependía de los trajes y joyas que vestían o de los aires de inocencia o de vampiresa que asumían según la ocasión, evidentemente falsos. Y él había aceptado el juego, porque tampoco tenía interés en complicarse nuevamente la vida después de sus dos divorcios.

Felicia se levantó y le dijo:

-Debo regresar para ayudar a Teodosa y tú debes concentrarte en la reunión. No será fácil y te deseo toda la suerte. Todos dependemos de tu arte para manejar este primer encuentro.

-Tienes razón. A ver si este río me muestra algo de su secreto y me ayuda a calmar los nervios. Ya encontraremos un mejor momento para conversar.

Felicia esbozó una media sonrisa y tomó el camino de regreso a la casa.

Claudio se cambió de ropa y se quitó el reloj. Se miró en el espejo de cuerpo entero y rogó a sus Moiras que lo acompañaran hoy en buena lid; un ruego que también le dirigió a su abuelo, pues era evidente que las botas y camisa que Dos Santos le había entregado provenían del armario de Augusto Blanco. Ambas prendas le quedaban grandes y esperó que sus invitados no se dieran cuenta del camino que aún le quedaba por recorrer para ocupar el vacío, real y metafórico, dejado por el viejo baqueano y que esperaba con paciencia ser llenado por su nieto. Bajó al corredor donde las sillas estaban acomodadas en un solo bloque detrás del cual Teodosa había vestido una mesa larga sobre la que había varias jarras de limonada, termos de café y empanadas de carne y de queso. A las 11:30 en punto, llegaron Rosalinda, Casimiro y el viejo cura, acompañados del sargento Alcides. Minutos después aparecieron otros del pueblo y un pequeño grupo de hacendados, a algunos de los viejos los recordaba como compañeros de su padre y otros pertenecían a generaciones más jóvenes, probablemente hijos y nietos. Los hacendados sabían del asesinato de Juan Pablo y se acercaron a Teodosa y Dos Santos para expresarles sus condolencias. Esta, estoica en su vestido de flores y delantal blanco, les dio las gracias sin agregar palabra.

Al principio incómodos, se fueron relajando a medida que Claudio les ofrecía café y trataba de cerrar la enorme brecha de veintitrés años. Algunos se mantenían de pie, mientras que otros desordenaban el bloque de sillas conformando un medio círculo alrededor de Claudio. Le preguntaron por la situación en Caracas. Era evidente que estaban ansiosos por tener noticias frescas y Claudio hizo lo que pudo por llenar los vacíos de información con lo que había podido reunir durante sus tres meses en la capital. A pesar de sus esfuerzos por llevar la conversación hacia terrenos menos álgidos, aquí como en Caracas, solo había espacio para el tema político.

Avelino Torres se mantenía en equilibrio, empujando hacia atrás la silla hasta que solo se apoyaba en las patas traseras. De no ser por el nombre, Claudio no hubiera reconocido en este hombre grueso y de expresión amargada, al apuesto joven que fuera amigo inseparable de su padre. El viejo Avelino y compañero de Augusto había enviado su hijo a estudiar a Londres, ciudad donde conoció e hizo amistad con Carlos Blanco. Lo pasaron en grande, pero una vez graduados, la añoranza por la tierra guayanesa y la responsabilidad de saberse hijos únicos hizo que se regresaran a trabajar la tierra y cuidar el ganado codo a codo con sus padres. La vida no le había sonreído a Avelino en estos últimos tiempos. Le habían expropiado su finca y ahora vivía arrimado con su familia en la casa de un vecino generoso y solidario. Y lo peor era que había tenido que presenciar desde lejos, el abandono de sus campos y el deterioro vertiginoso de la casa familiar.

- ¿Y ahora has decidido regresar y pelear por lo tuyo? –preguntó Avelino en un tono casi hostil.

-No sé todavía qué voy a decidir. La hacienda lleva mucho tiempo produciendo apenas lo indispensable para mantenerse y los rumores que oigo hablan de una posible expropiación.

- ¡Que expropiación ni que cuernos, muchacho! Expropiación es cuando te pagan y que yo sepa no han soltado un centavo. Yo llamo eso invasión de propiedad privada.

- ¿Y qué hay de los muertos? ¿Qué precio le ponemos a nuestros muertos?

Claudio se volvió para ver al hombre que había dicho esto. César Hernández estaba de pie. Más o menos de la edad de Claudio, pero el doble de tamaño. Permanecía recostado en la pared con las manos metidas en los bolsillos del pantalón.

- ¿No me reconoces, Claudio? Soy César Hernández. Íbamos juntos al colegio. Han pasado muchos años y mucha agua bajo el puente. Sabía de ti por Teodosa cuando pasaba por aquí con mi padre, para ver si todo iba bien en Tres Ríos.

- ¡Claro que sí, qué gusto volver a verte! ¿No vino tu padre?

-Papá murió hace un año de un infarto, poco después de que invadieran nuestra finca. En realidad, murió de tristeza. ¡Nos dejaron la casita del capataz y, aun así, nos dijeron que debíamos estar agradecidos!

-Es verdad que recién regreso después de veintitrés años, pero esta sigue siendo su casa –se lo digo a todos- Tres Ríos es suficientemente grande y juntos podemos ponerla a valer de nuevo.

-No te hagas ilusiones, muchacho, –le contestó Avelino- que Tres Ríos no escapará al destino revolucionario. ¿Qué opinas, César?

-Por mi parte agradezco tu ofrecimiento Claudio, pero me mudo con mi familia para Canadá. Tengo primos allá y me han invitado a incorporarme a su negocio. Una vez muerto papá, a quien no pude convencer de cambiar el calor de Guayana por el frío de Canadá, ya no tengo interés alguno en quedarme. Esta revolución ha sembrado nuestra tierra de dolor y odios. Francamente, estoy asqueado de todo y temo por la seguridad de mi familia.

Claudio se dio cuenta de que el discurso de "acercamiento" que había preparado en su cabeza no iba a ser pronunciado. Ellos todos, los del pueblo y los hacendados, habían respondido a la invitación curiosos por conocer al hombre en que se había convertido el nieto de Augusto Blanco, a medirlo, a ver de qué madera estaba hecho. El tiempo de conversaciones y reencuentros amables había pasado. Era el momento de contarse, de apuntarse a un bando o al otro y querían saber dónde estaba parado Claudio. Este miró al grupo, apenas unas quince personas, y los del pueblo no habían abierto la boca. Vivían en la candela tanto, como los hacendados. En un pueblo pequeño todos se conocen y todo se sabe: la conexión de Rosalinda con Teodosa, la anuencia forzada de Casimiro en el espacio cedido al Cojo y su banda, la "imparcialidad", producto del miedo de don Justo y del miedo del sargento Alcides quien muy probablemente había identificado el asesino de Juan Pablo y no se atrevía a arrestarlo.

Claudio percibió el cambio en Teodosa. Se había levantado de la silla muy lentamente, los puños apretados, el torso hacia delante y la mirada dura como el acero al ver acercarse al grupo un hombre que cojeaba, seguido de media docena de jóvenes. Todos, excepto Avelino que mantuvo su mirada fija en Claudio, se voltearon como un solo hombre hacia los recién llegados. La hostilidad era evidente.

-Bienvenidos, soy Claudio Blanco, dueño de Tres Ríos.

-Y yo soy Régulo Armas, representante de la Revolución en Río Fuerte y alrededores. Llegamos un poco tarde, porque estábamos haciendo unas inspecciones.

- ¿Inspecciones o invasiones? –preguntó Avelino sin voltearse.

-Inspecciones para determinar qué tierras son necesarias para la Revolución. Por cierto, que me gustaría aprovechar el viaje para dar una vuelta por aquí, *don* Claudio.

-Hoy no será posible, Régulo. Como verá tengo invitados y esta tarde llegan mis socios desde Caracas. Pongámonos de acuerdo para la semana que viene.

-La Revolución no puede esperar, *don* Claudio.

-Pues tendrá que hacerlo… *Régulo.* La reunión de hoy es para reestablecer contacto con personas que conocí en tiempos de mi abuelo y otros que no alcancé a tratar por mi ausencia de muchos años… y para decirles que estoy de vuelta con la intención de quedarme, de poner a producir mis tierras nuevamente. Solo para eso.

Teodosa, Dos Santos y Felicia apenas pudieron disimular su sorpresa ante tal declaración. ¿En qué momento había tomado Claudio la decisión de quedarse? Lo que no podían imaginar era lo sorprendido que estaba el propio Claudio, acostumbrado como estaba a sopesar cuidadosamente cualquier decisión importante. La desfachatez y tono despectivo del Cojo habían disparado en él un resorte emocional, que le exigió declararse en defensa de lo suyo, de la decencia, honorabilidad y sentido de justicia, valores al parecer excluidos del proceso revolucionario.

-No me intimidan sus aires de gran empresario.

-Me alegra saberlo, Régulo, así podremos conversar civilizadamente, cuando llegue el momento. Ahora los invito a tomarse un cafecito.

El grupo del Cojo se había quedado atrás, mientras este hablaba con Claudio. Más atrás venía caminando Santos Fermín, quien pasó de largo sin saludarlos hasta plantarse frente a Claudio, inclinó la cabeza en un saludo mudo y siguió hasta situarse al lado de Teodosa. El Cojo lo siguió con la mirada y la cara roja de ira.

-Esto te pesará, carajito. Eres un traidor a la Causa y pagarás por ello. Y dirigiéndose a su grupo de seguidores, les dijo:

-Vámonos, muchachos. Está claro que estamos entre enemigos. Nos veremos por ahí *don* Claudio, más pronto que tarde.

Pasaron varios minutos en silencio, cada quién tratando de medir las consecuencias, que seguro seguirían a las amenazas del Cojo Régulo. Santos seguía al lado de Teodosa con la mirada fija en Claudio, que le dijo:

-Gracias, Santos, por tu valentía.

-No me las dé. Nada ha cambiado entre nosotros. Sigo a favor de la Revolución, solo que jamás estaré de acuerdo con el asesinato y las maneras del Cojo –igual de déspotas que las de ustedes- de ejercer el socialismo. Y veremos qué tan valientes son -dijo encarando al sargento Alcides- porque ahora le toca actuar. Le toca apresar al asesino de mi hermano.

-Bueno, bueno... la investigación todavía está en curso, Santos. No tengo certeza de la identidad del asesino.

Pues yo sí la tengo, porque estuve ahí. Soy testigo presencial y le digo que cuando llegué a la escena del crimen, el Cojo Régulo todavía tenía la pistola en la mano. Yo estoy dispuesto a declararlo oficialmente... ¿y a qué está dispuesto usted?

Como un solo hombre todos se voltearon a esperar la respuesta del sargento Alcides. Este sintió las miradas del grupo, se estiró y se cogió las manos detrás de la espalda para evitar que notaran su temblor. Empezó con voz fuerte, pero poco a poco se fue diluyendo en un susurro lamentable. Nadie le dio valor a la fanfarronada que soltó en un débil intento de salvaguardar su dignidad.

-Soy el representante de la ley en Río Fuerte y debo seguir el proceso de investigación hasta sus últimas consecuencias. Tomaré muy en cuenta la declaración de Santos, pero es mi deber conocer los hechos en su totalidad.

- ¡Bendito sea el Señor! Alcides, como no me traigas la cabeza de ese asesino, tendré la tuya en vez y en esto que me sirvan de testigo todos los aquí presentes, declaró Teodosa.

El sargento Alcides fue incapaz de respuesta alguna y luego de pasar revista al grupo con una mirada que él supuso plena de autoridad, pero que solo evidenció debilidad y cobardía, dio media vuelta y se largó.

Avelino Torres se paró de su silla y dijo:

-Los dados están echados. Ya ves cómo están las cosas, Claudio.

No hay retorno. Debemos calmarnos y trazar estrategias, porque esto se va a poner muy feo, muy pronto. Me alegra saber que tienes sangre en las venas y, aunque tarde, has hecho valer tu herencia. Y en cuanto a los del pueblo aquí presentes, debemos estar dispuestos a defenderlos también, porque –y volviéndose hacia ellos- sépanlo o no, su presencia aquí los identifica como enemigos de la revolución, igual que a nosotros. Propongo que nos reunamos una vez que hayas terminado la reunión con tus socios, pasado mañana a más tardar. ¿Qué dices?

-Aquí todos estamos expuestos a represalias –dijo Claudio y dirigiéndose a los del pueblo, pero creo que ustedes quizás sean los más vulnerables. Propongo que nos reunamos los hacendados y designemos un correo que nos mantenga informados a todos. ¿Quién está en capacidad de ser el correo?

Don Justo se sobaba la calva y el peso de su cuerpo lo pasaba de un pie al otro. Levantó tímidamente una mano y dijo, ante la sorpresa de todos:

-Yo seré el correo. Cada semana le dedico dos días a recorrer el camino de las fincas cercanas al pueblo. Siempre hay gente que necesita asistencia espiritual y ya que ahora estamos todos fichados, soy quien menos sospechas levantará.

-Bienvenido al grupo, don Justo y pídale a Dios que salgamos con bien de esto, respondió Avelino Torres.

A pesar del miedo que tercamente aun hacía de las suyas, don Justo pronunció solemnemente *jacta alea est.* Tenía la costumbre de intercalar palabras en latín cuando consideraba que la ocasión lo ameritaba y cuando su nivel de miedo era superlativo.

CERRANDO UNOS CAMINOS Y ABRIENDO OTROS

Dos de los socios de Claudio Blanco llegaron a Tres Ríos sobre las tres de la tarde. Lo encontraron cambiado, solo habían pasado unas pocas semanas desde que regresó a Guayana y ya parecía mimetizado con el entorno. Estaba sentado al escritorio del abuelo, revisando los libros de la hacienda con Dos Santos, evaluando las posibilidades de ponerla a producir de nuevo, los recursos y el tiempo que requeriría sacarla a flote, así como el riesgo de perderlo todo si no lograban frenar la amenaza de expropiación. También habían analizado de qué manera podían incorporar a los hacendados, que se habían quedado sin tierras y así lograr un frente común más sólido.

-Estoy con ustedes en algunos minutos. ¿Por qué no aprovechan y suben a sus habitaciones a cambiarse?, deben estar derretidos. Al subir la escalera, los primeros dos cuartos a la izquierda.

Carlos Alberto señaló las dos maletas que posó en el suelo.

-Aquí tienes lo que pediste, todo lo que tenías en la habitación del hotel además de la compra de ropa apropiada para el campo.

-No sabes cuánto te lo agradezco. Lo que traje estaba pensado para un par de días y he tenido que echar mano de la ropa de mi abuelo que me queda grande. Con esta pinta me cuesta inspirar respeto-, respondió soltando una buena carcajada poniéndose de pie para que sus socios pudieran verlo mejor. Estos se lo quedaron mirando sin decir palabra. Tanto la carcajada como su aspecto tenían poco que ver con el Claudio que conocían.

-El gerente me llamó para preguntarme si aún querías quedarte la suite hasta finales de mes, ya que Cristina se marchó a los pocos días de tu venida a Guayana. Cerré, entonces tu cuenta en el hotel.

-Por los momentos...-, agregó Eduardo Romero con una mueca que reflejaba su disgusto ante la permanencia, bien inoportuna, de Claudio Blanco en estas tierras inhóspitas y lejos de la capital.

Claudio solo movió la cabeza en asentimiento y sin agregar palabra, les mostró la escalera.

Mientras subían al segundo piso, el consultor jurídico y el presidente ejecutivo del consorcio cruzaron una mirada interrogante. Carlos Alberto Peña le susurró a su compañero:

-No me importaría quedarme unos días. A pesar del calor sofocante, esta tierra tiene su magia.

-Pues yo tengo todas las esperanzas puestas en tomar el último vuelo de regreso a Caracas. No soy de selva y en cuanto a los animales, a lo más que llego es al perro de mi hija. Ese mono que nos daba vueltas al salir del automóvil me puso nervioso.

Carlos Alberto no pudo aguantar la risa y con un "¡no seas tan gallina, Eduardo! El mono seguro tenía más miedo de ti, que tú de él...", siguió escalera arriba.

Eduardo Romero hizo una mueca de resignación. Cuando bajaron, Claudio los esperaba sentado en el gran sofá de cuero, una bandeja con vasos y una botella de whisky en la mesa de centro.

- ¡Así está mejor! De pronto pensé que habrías dejado el whisky por una limonada, dijo Eduardo mientras le agregaba más hielo a su trago.

-Pues a veces en efecto lo que me apetece es una limonada. Bueno, pongámonos a trabajar. Claudio Blanco los miró interrogante. No me imagino que quieran pasar la noche en la hacienda, ¿verdad? No tengo una bola de cristal, pero cuando llegué hace tres semanas vestido de ciudad, me sentí igual de incómodo que ustedes y si no hubiera sido porque todo esto –e hizo un amplio gesto con la mano- es mío y debo tomar decisiones que afectarán no solo mi vida y mis finanzas, sino el futuro de quienes hacen vida aquí, habría tomado el primer vuelo de regreso, sin pensarlo dos veces. Pero, ¿qué te pasa, Eduardo? Miras a tu alrededor constantemente con cara de espanto.

-Es que piensa que en cualquier momento el mono que encontramos al llegar lo va a atacar-, dijo Carlos Alberto con una gran sonrisa.

-Ah, es el Wilmer. Es inofensivo, y solo le entusiasman las mujeres. Teodosa, mi nana, es demasiado vieja para su gusto y Felicia, la única buena moza y joven que hay por estos lados, le inspira miedo. Aparece de vez en cuando y con las mismas se va. Ahora, a lo nuestro. Cuéntenme qué está pasando en Caracas.

- ¿Qué podemos decirte? dijo el consultor jurídico. Hay gobierno, pero nadie gobierna y la información que teníamos antes de despegar puede muy bien estar obsoleta ahora. Nadie puede asegurar que sabe a ciencia cierta qué enfermedad tiene el presidente ni qué tan grave es. Lo que sí está claro es que hay peleas a muerte entre sus leales, y las Fuerzas Armadas andan revueltas. Mientras tanto, la inseguridad crece, el costo de vida sube exponencialmente y el gobierno sigue expropiando empresas.

-Lo único que está claro –agregó Eduardo Romero- es que no sabemos qué va a pasar, ni cómo, ni cuándo. Solo sabemos que estamos al borde de un precipicio cuya profundidad desconocemos. Ya declaramos el cierre fiscal de las empresas que acordamos cerrar, sugerimos cerrar otras dos y quedarnos solo con las que tienen un futuro asegurado por encontrarse ya consolidadas en otros países de la región. Pero es apremiante que regreses a Caracas, los demás accionistas reclaman tu presencia, como presidente del Consejo Consultivo y debes dar la cara.

-No es cuestión de dar la cara o no, Eduardo. Nunca he huido de las dificultades, pero no estoy seguro de regresar al menos por ahora. Ustedes tienen plenos poderes administrativos, podemos seguir celebrando consultas telefónicas, cuando sea necesario y si se alarga demasiado mi estadía aquí, renunciaría a la presidencia del Consejo para que puedan celebrar una Asamblea Extraordinaria de Accionistas y nombrar un sustituto lo antes posible. Quedaría como accionista y asesor al Consejo. Mientras tanto, ¿me imagino que las otras empresas que proponen cerrar son aquellas cuya vida útil ya se hace insostenible por las arbitrariedades del Ejecutivo, y que habrán traído los informes de gestión que respaldan su opinión?

Trabajaron un par de horas más. Sin confesarlo abiertamente se sentían derrotados e impotentes ante las injusticias del gobierno y sus constantes violaciones contra la propiedad privada. Habían sido socios desde la creación de la primera empresa de telecomunicaciones, cada uno invirtiendo a riesgo su patrimonio.

Les tomó diez años crecer hasta lograr la consolidación del consorcio que hoy se desmoronaba. Claudio manejaba los intereses de la empresa en el exterior, mientras los otros lideraban las operaciones en Venezuela. Ante un escenario cada vez más incierto, debían pensar en el rumbo que tomarían sus vidas, si al final no lograban salvar las únicas dos que quedarían operativas.

Cuando ya se despedían, Claudio le entregó un sobre a Carlos Alberto y le pidió que se lo hiciera llegar a su abogado.

- ¿Esto qué es?

-Un documento que necesito se vaya gestionando, nada que ver con las empresas. Es un asunto personal.

ACTIVIDAD EN TRES RÍOS

Durante los siguientes meses, Tres Ríos entró en actividad. Los dos hacendados que se habían quedado sin tierras y que todavía permanecían en Guayana hicieron un frente común con Claudio, luego de que le entregara a cada uno una porción de tierra y algunas cabezas de ganado vacuno. Mejor compartir que perderlo todo. Su talento de excelente gerente le permitió calibrar la situación como el reto de una nueva empresa y trazó, junto con sus nuevos socios, las estrategias que convertirían a Tres Ríos en el último bastión de libertad y propiedad privada en los alrededores.

Primero debían mostrar que se habían unido y que ahora eran una sola fuerza. Esto se logró sin mayores dificultades, pues don Justo estaba resultando un correo excelente. En su deambular por aquí y por allá iba soltando la información que Claudio necesitaba fuera del dominio público. Luego fueron recuperando a los pocos hombres jóvenes que quedaban en el pueblo para que se incorporaran al grupo de trabajadores de Tres Ríos. Santos, aun cuando todavía mantenía su distancia, había ayudado en contactar algunos de los jóvenes que se habían mudado a Puerto Ordaz en busca de trabajo y que seguían desempleados.

También propuso a sus socios ayudar por un tiempo a los aliados del pueblo para que estos no tuvieran que doblegarse ante las exigencias del Cojo. La primera muestra de esta renovada independencia la dio Casimiro cuando le dijo que tendría que buscarse otro lugar para sus reuniones. Para su gran su sorpresa, el Cojo simplemente le dijo a su grupo de seguidores que recogieran sus cosas y al rato salieron de la trastienda sin decir palabra.

Cuando Claudio se enteró de lo ocurrido se prendió en él una luz de alerta. Sin quitarle mérito al gesto corajudo del viejo Casimiro, se preguntó qué estaría sucediendo para que el Cojo desistiera de su bravuconería y dejara sus predios sin rechistar. De hecho, para asombro de todos, dejó a sus compinches entendiendo y con un "quedan a cargo de la Revolución, debo asistir a una reunión con el Comité de Tierras, al volver retomaremos las acciones necesarias" y salió para Puerto Ordaz sin más. Quizás el Cojo no era tan corajudo como pretendía. La acusación de Santos la tarde de la reunión en Tres Ríos lo tenía nervioso. Si bien es verdad que Alcides no había tomado acción al respecto, no significaba que esta situación no cambiara de un momento a otro. Sabía que Teodosa seguía exigiendo justicia.

El grupo de jóvenes se quedó sin jefe y sin entender exactamente qué se pretendía de ellos en su nuevo rol de "encargados de la Revolución", regresaron a sus respectivas casas, desarticulados y confusos. Este hecho y la noticia de lo acordado en Tres Ríos, difundida por Casimiro y don Justo, dio lugar a que los lugareños "retomaran" su pueblo, hasta el punto de que el Consejo de Mayores, constituido a raíz de la partida del Cojo, le impusiera al grupo de jóvenes alzados la tarea de cubrir las consignas políticas pintarrajeadas en las paredes del pueblo.

De todos modos, Claudio pudo aclarar la misteriosa desaparición del Cojo al hablar con sus socios en Caracas y enterarse de la sampablera que se estaba formando en las filas del oficialismo por la salud del presidente que a todas luces empeoraba. Las mil y una especulaciones sobre el desenlace de su enfermedad se extendían cual dedos de fuego que abarcaban ciudades y campos por igual, creando un ambiente peligroso de desasosiego e incertidumbre. Mientras tanto, en la ciudad capital, los jerarcas de la revolución se reunían a puertas cerradas, el estamento militar también, a la vez que el hampa y los radicales seguidores del presidente, todos armados, se aprovechaban de la situación para convertir las calles de la ciudad y sus ciudadanos en sus predios particulares.

Y, sin embargo, Claudio sabía que El Cojo regresaría, probablemente con refuerzos. Recordó algo que el abuelo le había dicho en ocasión de un jaguar que hacía estragos en las haciendas cercanas, llevándose algún animal de granja cada noche. "La sabiduría del baquiano es innegable: al tigre herido hay que rematarlo, porque si no regresa más feroz que antes y no cesa en su cacería hasta dar contigo."

Dos Santos terminó de ensillar el caballo y entregándole las riendas a Claudio, le dijo:

- ¿No quiere que lo acompañe, Patrón? Dos Santos no sabía si temía que Claudio se perdiera o más bien que se cayera del caballo. No recordaba al muchacho como buen jinete.

-Estaré bien, viejo. Solo tengo que seguir derechito hasta llegar al lindero norte donde me espera Avelino... y por si acaso, me traje la brújula del abuelo. Y con eso el caballo arrancó a galopar, con o sin el consentimiento de Claudio, a Dos Santos no le quedó claro.

Claudio se alegró de saber a su caballo tan cansado como él mismo –o eso quiso creer- porque luego de una galopada a rienda suelta con el corazón en la boca y las piernas acalambradas de tanto apretar los costados del animal para evitar caerse, este había decidido continuar al paso. Cierto que siempre había sentido fascinación por los caballos, pero desde lejos no más. En Boston había tenido una amiga cuyo mayor placer era montar a caballo. Para acompañarla, Claudio se inscribió en clases de equitación. El primer paseo a campo traviesa terminó en bochorno. Su caballo se desbocó a tal punto, que, si ella no lo socorre seguro que terminaba en el suelo, no sabía si vivo o muerto. Claudio decidió no competir más con una fuerza bruta que lo superaba al menos en 500 kilos de peso y buscarse otra mujer, de preferencia alguien a quien le gustara pasar noches tranquilas tomándose un vino y escuchando música.

En el camino solo se cruzó con algunas vacas que aprovechaban las horas tempranas de la mañana para pastar en paz, ajenas por completo a los conflictos tan propios de los humanos. Con una sonrisa recuerda al abuelo contándole cómo un prefecto de Ciudad Bolívar, a pesar de ser ganadero, había decretado que cualquier vaca que se encontrara merodeando por la Plaza Bolívar debía ser llevada presa. De niño pensó que era lógico que se llevaran preso a todo el que se portara mal; ahora se daba cuenta que esto no era sino una muestra más del realismo mágico propio de esta región y sus gentes, evidente en las leyendas y mitos que oralmente pasaban de generación en generación.

Hectáreas de una llanura de suaves ondulaciones, salpicada de alguna que otra colina, le hablaron de un diseño originado por una mano en nada limitada por la ceguera y soberbia humana. Claudio se sintió pequeño ante tanta magnificencia y el hecho de ser propietario de este pedazo de tierra guayanesa le produjo un sentimiento de humildad y responsabilidad ante su rol de cuidador de esta extraordinaria naturaleza. ¡Qué diferente a su perfil de empresario exitoso! Ahí lo que contaba era cómo minimizar los riesgos para optimizar las ganancias; la mayoría de las veces, el fin justificaba los medios.

Justo cuando pensó que a pesar de su brújula estaba perdido, avistó lo que parecía ser una construcción incipiente. Miró su reloj y se dio cuenta que todavía faltaba una hora larga para su reunión con Avelino. Claudio agradeció al cielo que estuviera solo, sin testigos de la tembladera evidente de sus piernas al tocar el suelo, ¡y pensar que tendría que hacer el mismo recorrido de regreso! Guio su caballo hacia un árbol cuyo frondoso dosel ofrecía una sombra benevolente. ¡Qué extensa era esta tierra, su tierra! ¿Sería posible recuperar la identidad perdida de este lugar, alguna vez próspero y digno, maltratado ahora por la violencia que solo el ser humano es capaz de desarrollar una y otra vez desde tiempos inmemoriales? Parecía no haber escapatoria al ciclo de construir, destruir y renacer que parecía marcar el paso de la historia de la humanidad. Definitivamente, la codicia del hombre por el oro supera cualquier ideología.

Este mundo parecía desvanecerse sin remedio, como las fotos en la biblioteca del abuelo, evidente el paso del tiempo en sus esquinas maltrechas y las manchas amarillentas que cubrían los rostros y cuerpos de personas que en su momento solo apostaban a un futuro brillante y pleno de promesas por cumplir. ¿Le tocaba a él trazar el porvenir, al menos de Tres Ríos, en este escenario teñido de incertidumbre?

Hace unos meses, había jugado con la idea de escapar de la vorágine del mundo empresarial, de la presión constante y la superficialidad de su entorno. Le daba vueltas a la idea de quedarse solo con las empresas, cuya productividad parecía estable, y que le permitiera disfrutar de un tiempo indeterminado en el Viejo Continente. Una casa de campo en algún lugar de Francia, donde pudiera leer y pasear a su antojo. El destino se había adelantado a sus planes y tomado las riendas del asunto. Ciertamente, había cerrado empresas y le había puesto por delante una casa y un campo, no en Francia sino en Guayana.

Las imágenes de su abuelo contando los orígenes de Tumeremo, inundaron los espacios de su olvido. Así al menos lograba sentirse parte de una historia más grande que la suya propia; parte de un legado lejano cuando los Capuchinos Catalanes fundaron el hato Villa de Españoles con intenciones de criar ganado, conformando la Misión Nuestra Señora de Belén. Llegó a ser una de las misiones más importantes y se vio involucrada en los conflictos de la guerra de la independencia. Trozos de historia regresaron a Claudio y recuerda cómo esperaba ansioso los cuentos del abuelo. Este le fue relatando, con orgullo de baqueano, la evolución de Tumeremo –en dialecto indígena *Culebra Pintada*- desde su fundación en 1790 hasta la próspera década de los años 70 y 80. Intercalaba eventos históricos como la construcción del Embalse San Pedro que surte la población de Tumeremo con agua potable, con leyendas indígenas y cuentos de fantasmas para mantener viva la atención del muchacho.

¿Se le presentaría el Muerto de La Carata, mientras esperaba la llegada de Avelino? Hace más de cien años comenzó a rodar de boca en boca entre los llaneros aterrorizados, la leyenda del caballero vestido de blanco que proclamaba la propiedad de los parajes tumereños. Decía el abuelo que era mal asunto retar a los muertos y que así lo demostraba el encuentro de Manuelote, el encargado del hato La Carata, con el señor fantasma. Según la leyenda, un día Manuelote observa que se le ha extraviado un becerro y resuelve ir a buscarlo. Se dirige a las vastas sabanas del hato. En medio de un pequeño bosque se le presenta un hombre extraño. Un hombre a caballo, elegantemente vestido de blanco que le pregunta a Manuelote:

- ¿Qué busca usted en estas sabanas que son mías? Dígale a Matos que toda esta sabana es mía. Dicen que Manuelote sintió un fuerte frío y todo el ambiente se impregnó de olor a azufre y vio como los árboles se doblaban ante un golpe de viento que le paró los pelos de punta a él y a su caballo.

Sin embargo, haciéndose el fuerte, este se burlaba de las señales de un "más allá". Se reía de los habitantes del pueblo que le prendían velas a otro fantasma, un tal Maramero, un viejo vendedor de loterías que muchos reconocían como hacedor de milagros. Hasta que un día se le apareció en el camino y le propinó cuatro cuerizas por irrespetuoso que por poco lo dejan en el sitio. Desde ese día, la tumba de Maramero permaneció iluminada con las velas que le llevaba Manuelote.

De pronto Claudio sintió una mano en su hombro y la sangre se le fue del cuerpo. Volteó bruscamente la cabeza para encontrarse con la cara de asombro de Avelino, quien alarmado le dijo:

- ¡Muchacho! Estás blanco como un papel. ¿Te pasa algo?

La cara de alivio y la carcajada que siguió, sorprendieron más a Avelino y era evidente que esperaba una respuesta. A lo que Claudio respondió:

-No pasa nada, Avelino. Estaba ensimismado recordando los cuentos de fantasmas del abuelo y no te sentí llegar. Por un instante, pensé que no eran tales cuentos y que aquí estaba yo en medio de esta explanada sin un alma a la vista y con algún espíritu intranquilo agarrándome el hombro.

-Bueno, seguro que tu abuelo y tu padre andarán rondando por aquí, enfurecidos y listos para apoyarnos en la pelea que se avecina. Yo sí creo en fantasmas y mientras estén de mi lado, les doy la bienvenida.

Claudio se levantó con dificultad ante la risita burlona de Avelino quien decretó:

-Si estás así ahora, espera que llegue la noche. Se ve que el caballo no es tu medio usual de transporte.

-Me temo que mi regreso, además a pleno sol de mediodía, será mucho peor que la venida. Bueno, a lo que vinimos, Avelino. Ya veo que empezaste la construcción. Si necesitas ayuda, no tienes más que avisar. Da la impresión que la casa será más bien pequeña. ¿Por qué? Tienes bastante terreno...

-La familia ya no es tan numerosa y no tengo ilusiones en el sentido de que vayamos a continuar aquí. Mis hijos ya no regresarán y Luz Elena quiere mudarse a Caracas o, incluso, irse a vivir a los Estados Unidos para ver crecer a los nietos. Lo que estoy haciendo aquí lo considero más un punto de honor, que una hacienda con vistas a futuro. Y lo hago porque, como me dijo una prima muy querida, nadie tiene derecho a correrme de la tierra donde están enterrados mis muertos. Cuando lo haga es porque así lo decido, no porque me quitaron arbitrariamente lo que es mío.

A Claudio le hacían bien los encuentros con Avelino, era como estar con su padre y poder participar ahora en lo que fueron los sueños de su progenitor, su amor por la tierra y por los suyos. Sacudió la cabeza y esbozó una media sonrisa. Un golpe de nostalgia se apoderó momentáneamente de Avelino, quien reconoció en esa sonrisa a su viejo amigo y compañero de aventuras.

-Debemos diseñar nuestra estrategia de defensa, -dijo Claudio- no sabemos cuándo, pero estoy seguro de que regresarán.

-Desde luego y con refuerzos externos. Ya saben que no cuentan con la gente del pueblo. Este punto de defensa es para evitar la invasión. El este está resguardado por el río y el sur por tu hacienda. Lástima que ya no contaremos con César Hernández, su mudanza a Canadá es un hecho. Debemos pensar entonces en cómo fortalecer el flanco oeste. Eso en cuanto a posibles invasiones, pero cuando regresen con órdenes de expropiar se irán de frente y te llegarán por la carretera que viene del pueblo, y no serán pocos. En ese momento, nos reuniremos todos en la hacienda y los sacaremos por la fuerza ...o moriremos en el intento. Nada de medias tintas. Nos resteamos hasta el final o nos rendimos de una vez y les dejamos todo.

-Hasta el final, pues. El cura está haciendo bien su papel y espero que pueda avisarnos con suficiente tiempo.

-Dos cosas más, Claudio. Vigila bien a Teodosa. Hasta que no aprehendan al asesino de su hijo no descansará. Ya tiene nombre y apellido y no tardará en embestir de frente y sin miramientos cuando el Cojo vuelva a dar señales de vida. Lo otro es que el mes que viene hay fiesta en honor de Nuestra Señora de Belén en Tumeremo y te aconsejo que vayas, es bueno que te vean, que compartas y conozcas a sus feligreses. Llegado el momento, nos serán de utilidad. Hay que ganárselos de una vez por todas, sobre todo a los jóvenes que formaban parte del grupo del Cojo. Y no hay mejor ocasión que las fiestas patronales. Pobre o rico, no existe persona en los alrededores que no las celebre.

-Lo tendré en cuenta. Hasta pronto, Avelino, y que Dios nos acompañe y nos ayude a salir con bien de esta aventura, o al menos sanos y salvos.

El regreso fue arduo. El sol apretaba y ríos de sudor le corrían por la cara y el cuello. Se sentía pegajoso y en el último trecho se dejó guiar por su caballo que parecía conocer el camino a casa mejor que él. Teodosa lo esperaba con las manos en las caderas y con cara de pocos amigos.

- ¡Muchacho inconsciente! Estás insolado y ni qué hablar de las agujetas que vas a tener mañana. Sube a ducharte y te mando una jarra de limonada y dos aspirinas. Y se dio media vuelta, murmurando que, si una miserable cabalgata de medio día lo volvía papilla, entonces cómo carrizo le iba a hacer frente a la tempestad que se acercaba.

Al rato Felicia subió con la bandeja de limonada y encontró a Claudio tirado en la cama con la cara roja como un tomate y los ojos cerrados. Se acercó para tocarle la frente. Estaba prendido en fiebre. Al sentir la mano fresca en su frente, Claudio entreabrió los ojos. Felicia lo miraba con cara de preocupación. ¿Estaría soñando? Trató de hablar, pero ningún sonido salió de su garganta maltrecha y labios resecos.

-Hay que bajarte la fiebre. Ya vuelvo.

Felicia regresó con una ponchera de agua fría. Lo ayudó a incorporarse lo suficiente para tomar las aspirinas y empezó a aplicarle compresas en la frente. Claudio le sujetó la mano y apenas pudo articular un débil "gracias". Hizo memoria de la última vez que una mujer lo trató con tanta ternura. Se sorprendió ante recuerdos lejanos de su madre y de su abuela. No podía ser que en tantos años pasados desde entonces y tantas mujeres conocidas, no recordara ninguna que simplemente le ofreciera una muestra de cariño desinteresado.

Pero claro, la mujer que tenía enfrente no era su abuela. Era una mujer joven, con ojos y piel canela y un escote que dejaba ver, cada vez que se inclinaba sobre él para cambiar la compresa, unos senos pequeños y bien formados que invitaban a caricias, que estaban más allá de sus fuerzas. Con un quejido que Felicia interpretó de dolor y que Claudio supo era de frustración, echó la cabeza para atrás y se dejó hacer.

-Empiezas a parecerte a un lugareño, pero si quieres convertirte en baqueano, esa piel se forma de a poquitos. Descansa ahora, más tarde volveré con un caldito que te hará bien.

Claudio pensó que hacerse con esa piel de baqueano "de a poquitos" parecía imposible. Cada vez más, estaba convencido que los pocos momentos de reflexión y de intimidad que vivía eran un tiempo prestado a un destino incierto cuyo diseño escapaba a su voluntad.

De hecho, desde su regreso a Tres Ríos pronto se cumplirían tres meses. Aun cuando cada quien se abocaba a lo suyo, a interpretar a cabalidad el papel que le tocaba hacer en el plan de recuperación de la hacienda, todos estaban pendientes del desarrollo de eventos en Caracas. El misterio en torno a la enfermedad del presidente se hacía cada vez más inexplicable.

Los hilos del destino del país los manejaba Cuba que había convertido a Venezuela en un país satélite de sus propios intereses. A varios mandatarios extranjeros afectos al presidente, se les había negado visita con el pretexto de que el mismo requería de reposo absoluto. Mientras tanto, los cuadros internos del oficialismo y el estamento militar buscaban resolver a su favor lo que parecía ser una transición de poder inminente.

EL OBSEQUIO DE NUESTRA SEÑORA DE BELÉN

Llegó el día de la fiesta de Nuestra Señora de Belén. A Claudio le sudaban las manos. Ya Teodosa le había hecho dos repiques para que bajara. Los miembros de la pequeña "familia Tres Ríos" solo esperaba que él bajara para dirigirse a Tumeremo y honrar a su Patrona. Claudio se miró largamente en el espejo y el empresario experimentado parecía preguntarle al incipiente baqueano "¿Por Dios, cuán difícil puede ser esto?" Se había puesto un blue jean y camisa a rayas que habían conocido mejores días. No llevaba reloj y en vez de zapatos, se calzó unas botas que más o menos se acoplaban a los tiempos pretéritos de su vestimenta, hasta un poco despeinado, un toque interesante, pensó.

Cuando bajó las escaleras a encontrarse con los demás, casi cae sentado del asombro. ¡Se habían vestido con sus mejores galas! Dos Santos llevaba corbata –horrenda, pero corbata al fin-; Teodosa lucía un vestido de flores tan grandes que parecían aplastarla contra el suelo; Felicia tenía puesta una camisa larga color azul añil que terminaba en picos, un pantalón blanco tubito y unas sandalias de plataforma y su hija vestía de rosado con cintas entrelazadas en una gruesa crineja que le llegaba a mitad de la espalda.

Dos Santos movía la cabeza de un lado a otro. ¡Qué muchacho tan desubicado! ¿Cómo decirle que este no era el momento para esa ropa sin ofenderlo? Sentía vergüenza ajena y mantenía los ojos clavados en el último escalón de la escalera sin atinar qué decir. Teodosa, sin embargo, a su mejor manera, frontal y sin empache alguno, le espetó:

-Claudio, si llegas vestido así a la iglesia, ofenderás a todo el pueblo. Es un irrespeto a la Virgen presentarte con esa pinta de mamarracho, así es que tienes diez minutos para ponerte algo decente. ¡Andando!

De pronto a contraluz, apareció la silueta de un hombre en la puerta principal. Se adelantó con los brazos cruzados sobre el pecho y una sonrisa burlona en la cara. Era Santos, vestido también de domingo. ¡Qué personaje era su madre!

Claudio se quitó los lentes y miró largamente a Teodosa hasta que bajó la mirada y se puso a alisar una arruga inexistente en su vestido. La verdad es que por mucho biberón que le hubiera dado y pañales cambiado, él seguía siendo el patrón. La metida de pata había sido grande y más bien le agradeció que no la regañara. Cuando levantó la vista ya Claudio subía las escaleras tranquilamente, sin prisas.

- ¡Mujer, a ver si aprendes a aguantar esa lengua! –le soltó Dos Santos con una irritación inusual.

Claudio, por su lado, hacía esfuerzos por sentir la calma que aparentaba. El exabrupto de Teodosa no tenía importancia alguna; estaba acostumbrado y hasta gracia le hacia su insolencia. No, en verdad el desasosiego tenía otro origen, más profundo y más temible. Tenía que ver con su cada vez más evidente desconcierto en cuanto a su sentido de pertenencia con esta tierra.

Desde que llegó a Tres Ríos los acontecimientos se manifestaban sin previa advertencia, con un ritmo propio que no controlaba y esto definitivamente lo hacía sentir incómodo. ¿Dónde estaba su casa? Había viajado por el mundo incluso con estadías de meses en algunos países, y no por eso se había cuestionado el lugar que consideraba "casa", regresando siempre al confort y la solidez de su apartamento en Boston. Allá pesados cortinajes resguardaban la privacidad de unos espacios amueblados con un exquisito refinamiento; aquí no existían las cortinas y el interior de la casa permanecía en continua exposición, desnuda ante los cambios de luz y temperaturas de esta tierra milenaria. Este río de aguas poderosas y profundas en nada se parece al río Charles de aguas calmadas y regatas universitarias. Y, por supuesto, que lo más relevante de su desconcierto residía en los cambios de humor que experimentaba ahora; en esos altibajos emocionales que lo superaban y que no iban para nada con la personalidad ecuánime y certera que había cultivado y demostrado en todas sus relaciones profesionales, si bien no tanto en el campo de las personales. ¿Desde cuándo le debían pasar revista a su vestimenta? ¿O cuestionar su modo de proceder?

Claudio se sentó en la butaca orejera al lado de la cama para cambiarse las botas por unos mocasines. El espejo le devolvió la imagen de un adolescente en cuerpo de hombre. No quería ir a la fiesta en el pueblo y mucho menos a la iglesia. A lo mejor era un buen momento para imponer su autoridad y anunciar con voz de mando que no iría a ningún lugar, que se quedaría en casa simplemente, porque le daba la gana...

El camino a Tumeremo lo hicieron en silencio, como si hubieran acordado previamente que cada quien se arroparía con su propio manto de pensamientos, sentimientos, miedos y expectativas. La iglesia, imponente y vestida de fiesta en honor de su patrona, estaba llena. Claudio reconoció algunas caras, pero la mayoría le era desconocida. Al entrar en el recinto, Santos se separó y se unió al grupo de jóvenes reunido en la última fila que parecían esperarlo. No eran más de seis y Claudio supo que eran los mismos que habían pertenecido al grupo del Cojo. Estaban "vestidos de domingo", miradas al frente. Sin embargo, no tenían expresión de desafío ni parecían pretender protagonismo alguno. Hoy no habían "bandos", la política no tenía lugar aquí y al unísono unos y otros se preparaban a homenajear a su Virgen.

Teodosa lideraba el pequeño grupo, de cuando en vez saludaba con la cabeza a algún conocido, mientras que Claudio ni curiosidad despertaba. Al fin y al cabo, aquí no era el dueño de Tres Ríos, sino un feligrés más que, para colmo, parecía llevar en la frente la etiqueta de "recién llegado". Recordó la última vez que entró en una iglesia. En sus viajes por el mundo, a menudo entraba en alguna catedral, ícono de la ciudad, más para admirar su arquitectura, historia y obras de arte que para comulgar con el espíritu religioso del recinto, hasta que visitó la Basílica de Santa María del Mar en Barcelona. Allí, se sintió sobrecogido por la sencillez y magia del lugar. Largo rato estuvo sentado frente a la Virgen a cuyos pies se encuentra una barca en homenaje al mar, a los pescadores, orfebres y artesanos que cargaron en sus espaldas, piedra por piedra, los elementos con los que se construyó esta basílica en el siglo XIV.

Hoy, a miles de millas de distancia, volvió a sentir lo mismo, solo que esta vez no era el recinto, sino la gente lo que inspiró en él un respeto por lo intangible, eso que algunos llaman fe, otros, trascendencia. Se encontró elevando una oración pidiendo guiatura y protección para él y los suyos en los días venideros. La homilía, acorde con este desconocido estado de ánimo en Claudio, solo habló del amor, la generosidad y la gratitud; el obsequio de Nuestra Señora de Belén.

El regreso lo hicieron sin Santos, que desapareció apenas terminada la misa. En voz alta Teodosa pasó revista a los feligreses conocidos:

-Este me esquivó la mirada, tiene miedo. Aquel frunció el ceño, no cuento con él. Otros esperarán a ver para dónde nos lleva el viento…

Dos Santos solo asentía con la cabeza, sabía perfectamente de qué iba todo esto. Su mujer hacía inventario de con quienes –o no- podía contar a la hora de hacer pagar al Cojo el asesinato de Juan Pablo.

Claudio seguía ensimismado, todavía impresionado por su experiencia en la iglesia. De vez en cuando, dejaba de lado sus cavilaciones al percibir ese olor a limpio con un dejo de lavanda que caracterizaba a Felicia. Ella estaba callada, miraba por la ventana, perdida en sus propios pensamientos. ¿Cuáles serán? ¿Lo incluyen a él?

- ¿Pueden dejarnos en el pueblo, por favor? Pasaremos un rato con mi madre y luego ya conseguiré quien me lleve hasta la hacienda.

Claudio se sintió decepcionado. Si llegaba tarde, ya no la vería sino al día siguiente. Sacudió un poco la cabeza, comenzaba a obsesionarse con Felicia y no era el momento de complicarse la vida. Demasiadas cosas le sucedían al mismo tiempo y debía mantenerse enfocado y alerta.

Almorzaron los tres en la cocina y Claudio agradeció que ninguno hiciera esfuerzos por conversar. Mejor así, pensó. Hoy, excepcionalmente, Dos Santos los acompañó. Terminaron la comida, seguido de un guayoyo para él y un café bien cerrero para el viejo.

-Me voy un rato al río, hasta más tarde...

Teodosa y Dos Santos cruzaron una mirada de reconocimiento. Claudio había hecho suyo el hábito diario de visitar el río, igual que hace años lo hicieran el abuelo y su padre.

Claudio cogió el sombrero y el bastón con cabeza de colibrí. Allí le esperaba la silla de lona con rayas azules. Este espacio le daba paz y pensó que quizás el secreto del río era el silencio. Aquí, mientras el viejo árbol cuyas torcidas y fuertes ramas, vestidas de bejucos y helechos le ofrecía su sombra, Claudio esperaba encontrar respuesta a tantas preguntas.

Pronto llegarían los jejenes y comenzaría a hundirse el sol en el horizonte, de forma que tomó el camino de vuelta a la casa. Hoy regresaba sin respuestas, y, aun así, se sintió fortalecido y agradecido por la conexión que día a día crecía con sus nuevos interlocutores, con este árbol y este río que, inmutables, seguían uno tras otro los eventos de la familia Blanco. Claudio cerró la puerta principal y se echó en el sofá de cuero, a todo lo largo de su cuerpo. Aun así, sobraba un buen espacio entre sus pies y el brazo del mueble; ese espacio marcaba la diferencia de tamaño entre él y su abuelo. Sonrió recordando las veces que lo había sorprendido durmiendo una larga siesta después del almuerzo.

Abrió los ojos para encontrarse con el silencio de una habitación que cedía sus colores y sonidos diurnos a la oscuridad de la noche. Se había quedado dormido. Subió las escaleras, asegurándose de pisar las mismas tablas que siempre crujían y que a cada paso parecían reconocer la huella de sus antepasados.

Al entrar en la habitación, creyó haber traspasado el umbral de la realidad. Al lado de la cama, solo iluminada por la tenue luz de la lámpara de mesa de noche, se encontraba de pie Felicia.

-Felicia, ¿qué haces aquí?

-Te esperaba...

-No sé si interpreto bien tu presencia en mi habitación...

Ella se acercó lentamente y le tapó la boca con su mano.

-Las palabras sobran, ¿no crees?

Se abrazaron con ternura primero y con apremio después. Dos cuerpos enlazados que se entregaron al momento, sin preguntas ni promesas. Luego, después de saciar el deseo que los consumía, Claudio recorrió, una y otra vez, con la mirada y con las manos ese cuerpo tan anhelado, terso y cálido que se le ofrecía sin artilugios, con una sencillez y honestidad que lo sorprendieron. Y así llegó la noche y el sueño. Cuando Claudio despertó a la mañana siguiente, Felicia ya no estaba y él sintió una extraña sensación de plenitud y vacío a la vez.

Miró su reloj, eran las 9:30 y había dormido más que de costumbre. Sin embargo, no tenía ningún deseo de comenzar el día y cerró los ojos en un intento inútil por revivir la noche pasada. Ciertamente, el encuentro con Felicia complicaría su vida aún más. ¿Cuánto tiempo podía continuar esta relación, deliciosa por demás, sin algún tipo de compromiso a futuro? Si bien es cierto que había tomado la decisión de reorganizar la hacienda y enfrentar las amenazas de invasión que asomaban en el horizonte, no tenía claro que su permanencia en Tres Ríos fuera para siempre.

Bajó las escaleras en busca de desayuno, con expectativa y aprehensión a la vez ante su próximo encuentro con Felicia. En la cocina, todos estaban sentados ante el viejo televisor con caras de preocupación.

-Buenos días, ¿qué pasa aquí?

-Se murió el hombre y Dios nos agarre confesados en el brollo que se formará, le espetó Teodosa sin más.

Su noche de amor pasó a un segundo plano ante la noticia de la muerte de Chávez. Antes de morir, había nombrado a su sucesor. Recaía en la oscura figura de Nicolás Maduro, la continuación de la revolución. A rey muerto, rey puesto. El oficialismo preparaba un funeral de estado, orquestado con grandilocuencia teatral, que buscaba solapar las penurias que atravesaba el país con el llamado emocional a rendirle homenaje a su gran líder. Sin embargo, para los afectos al régimen, así como para los beneficiados regionales presentes en el funeral, la pregunta subyacente era, ¿cómo quedamos en este nuevo escenario?

El resto del país también se hacía esta pregunta.

LA VISITA DE DON JUSTO

El día había transcurrido entre el hacer de las tareas cotidianas y las noticias que pasaban por la televisión, un verdadero frenesí protagonizado por los medios de comunicación que competían entre sí por quién ofrecía la mejor cobertura de los eventos y aprovechaba la ocasión para analizar las consecuencias de la muerte de Chávez y pronosticar el futuro, a favor de un bando o el otro.

Claudio esperaba el momento para encontrarse a solas con Felicia, pero esta se había ido al pueblo con su hija. «Muy inteligente de su parte», pensó Claudio. «Se impone un momento de reflexión antes de abordar el tema y coincidir en si lo de anoche fue –o no- el comienzo de un "nosotros"».

A las cinco de la tarde, Teodosa le anunció que don Justo esperaba para saludarlo. En el entierro de Juan Pablo, el cura le dio la impresión de un hombre viejo, desgastado y asustadizo, con cierto aire de búho. ¿De dónde habrá sacado el coraje que ahora muestra en su papel de correo –o *cursor*, como solía auto proclamarse don Justo- entre los hacendados y el pueblo?

El hombre que se presentó ante él parecía haberse transformado en otro. Los años seguían haciendo huella, presente en las múltiples arrugas que marcaban un rostro de piel acartonada y manchada por el sol. Pero había desaparecido la mirada asustadiza y parecía menos encorvado.

- ¿Caramba, don Justo, que lo trae por aquí? Pase, pase... Debo decirle que los hacendados hablan muy bien de sus esfuerzos como correo.

-Pasaba por aquí y pensé entrar a saludarte, hijo.

-Pues, bienvenido. Estaba justo por ir un rato al río, si me quiere acompañar.

Don Justo también apreció cambios en Claudio. El sol de Guayana había hecho su parte y el muchacho ya no tenía ese aspecto de barriga de rana. Vestía como un lugareño y empezaba a dar la apariencia de pertenecer a esta tierra. Además, sonreía.

Claudio cogió el sombrero y el bastón de su abuelo, lo que no pasó desapercibido para el cura. ¡Bendita tierra!

-Coja usted esa silla y yo llevo la limonada. Desde el día en que me insolé que casi paso el Páramo, Teodosa siempre anda pendiente de hidratarme. Y con esto, arrancó a reír.

- ¿Y su silla?

-La mía siempre me espera en el río.

Una vez sentados, Claudio pensó que la lógica dictaba que comentaran la novedad política, pero el río no entendía de lógica, sino de reflexión. Hablar de Chávez le pareció una blasfemia y sin mucho pensarlo, abrió la conversación.

-Se ve usted muy bien, distinto al hombre que ofició en el entierro de Juan Pablo.

-Sin duda, es que la vida me ha dado una segunda oportunidad.

Dum spiro spero.

- ¿Cómo es eso?

-Pues que he encontrado una manera de vivir mi vocación que va más allá de las prédicas dominicales. Verás, si algo me han enseñado mis años de cura es a saber escuchar. Cierto que cumplo con mi promesa de llevar las noticias de lo que sucede en el pueblo a los hacendados, pero una vez hecho esto, ellos me regalan con sus historias, sus tristezas y esperanzas. Y pienso, si los jóvenes empeñados en la revolución escucharan esto, si entendieran que los hacendados no son sus enemigos, sino que son hombres de carne y hueso como ellos, igualmente asustados ante la incertidumbre de lo que el futuro les depara... quizás esta humanidad común serviría para salvar las distancias que innoblemente separan incluso a madres e hijos.

Claudio escuchó a este hombre con un profundo respeto. Comprendió lo que el cura le decía pues este mismo sentimiento es lo que vivió en la iglesia, apenas hace unos días.

-Entonces debe ser muy frustrante para usted ser testigo de la lucha entre bandos que vivimos.

-En realidad es todo lo contrario, hijo. Cuando te decía que había encontrado una nueva manera de vivir mi vocación es porque he dado con una misión más más importante todavía. Ahora regreso de mis visitas y voy soltando por aquí y por allá, a quien me quiera escuchar, las conversaciones con los hacendados. Poco a poco, muy poco a poco, he ido reuniendo a los jóvenes y estos, una vez alejada la mala influencia, *mala fide*, del Cojo Régulo, han comenzado a escuchar y a contarme sus cuitas, sus historias y sus deseos por una mejor vida. Esto se lo cuento a los hacendados en mis próximas visitas. Ambos lados empiezan a reconocerse en su condición humana con toda la luz y oscuridad que vivimos día a día. De manera que, ya ves, mis "correos" van dirigidos al alma.

Lágrimas asomaron a los ojos de Claudio y don Justo comprendió que era hora de partir.

-Me marcho. Te dejo con tus pensamientos y con tus lágrimas. Me alegra ver que comienza tu rencuentro con esta tierra y contigo mismo.

Claudio se quedó largo tiempo escuchando cómo las aguas cristalinas del río chocaban contra las piedras, solo para seguir adelante en su largo camino al mar. Las piedras eran sus dudas y sus miedos y el agua su encuentro con esta tierra y sus ancestros. Si la vida era movimiento, no se podía quejar pues últimamente la suya iba a la carrera, en saltos y volteretas más allá de su control. Claudio encontró consuelo en las manchas negras y amarillas de los sapitos mineros que aparecían cada atardecer, exponentes de una naturaleza que lo invitaba a participar en su danza permanente.

Cuando ya estaba por regresar a la casa, apareció Felicia. ¡Qué espléndida mujer! Su piel irradiaba un brillo que competía con las imágenes del encuentro nocturno que bailaban en sus ojos. Debía tener la expresión de un quinceañero recién estrenado en las aventuras del amor, pues Felicia no pudo menos que soltar la carcajada. Y, sin embargo, a pesar de su aparente desenvoltura, Claudio apreció en ella una mezcla de nerviosismo y timidez.

-Siéntate, mujer, que no muerdo.

-Ya...

Estuvieron un rato en silencio tratando de adivinar lo que el otro guardaba entre pecho y espalda. Felicia se enderezó y mirándole a los ojos, abrió la conversa.

-Creo que tendríamos que hablar sobre lo ocurrido anoche.

- ¿Te refieres a esa noche de amor loco que compartimos?, le contestó Claudio con una mirada entre pícara y expectante.

-Sí, a eso me refiero. No me arrepiento, pero quisiera saber cómo va a continuar esta película.

-Yo tampoco me arrepiento, pero, si te soy sincero, no tengo idea de a dónde nos llevará lo que espero sea solo el comienzo de lo nuestro. A pesar de los tres meses que llevo aquí y de mi compromiso por sacar adelante la hacienda, no estoy claro si Tres Ríos será –o no- el fin de mi camino. Como sabes, he hecho vida en Boston con empresa y otros intereses allá. Si no hubiera sido por el llamado de Teodosa, no estoy seguro de jamás haber regresado a Guayana.

-Y, sin embargo, te podías haber regresado al día siguiente del entierro.

-Cierto, pero todo se ha ido precipitando aquí.

- ¿Incluyendo lo de anoche?

-No sé si "precipitar" es la palabra que se ajusta a nuestro encuentro. Llevo días obsesionado contigo.

- ¿Los "otros intereses allá" incluye alguna mujer?

-Puede que sí. Confieso que no soy muy recomendable en esto de mi relación con las mujeres. Son historias de paso, algunas duran más que otras, pero te puedo decir que ellas palidecen a tu lado.

-Prefiero la sinceridad a la galantería, y con un amago de sonrisa, le preguntó, ¿Cuál de tus ojos me dirá la verdad? ¿El azul o el canela?

-Estoy siendo sincero. Lo que sentí anoche me ha tomado por sorpresa y no sé bien como calificarlo. Lo que puedo decirte es que no te quiero engañar y no soy capaz, en este momento, de hacerte una promesa que no pueda cumplir después. Es evidente que debo reflexionar seriamente sobre mi futuro que ahora espero sinceramente te incluya.

Ella permanecía muy quieta, salvo por sus manos que estiraba y encogía sin parar. Claudio se las tomó en las suyas.

- ¿Estás tú más clara que yo? Te pido que seas tan sincera como yo lo he sido contigo.

-No sé qué responderte. Estoy confundida y a mí también me ha tomado por sorpresa. No ha habido otro hombre en mi vida desde que concebí a Mariángel.

- ¿Quieres hablarme de eso?

-Quizás rebobinar un poco la película sirva para que me entiendas mejor. Mi madre me envió a casa de una prima cuando no había cumplido los diecisiete años. Decía que tenía que conocer un poco de mundo, aunque solo fuera llegar a la capital. Acordamos en que buscaría una carrera técnica que no pasara de los dos años. Me entusiasmé con el turismo y me inscribí. Casa y comida las tenía gratis, pero era indispensable conseguir algún trabajito que me proporcionara un dinero para mis gastos personales y los materiales de estudio. Uno de mis profesores me propuso cuidar a su padre los fines de semana para que él pudiera salir con su familia a pasear. Así lo hice. Don Arturo resultó una excelente persona a quien quise y cuidé hasta que se agravó y tuvieron que hospitalizar. Duró poco tiempo, escasamente unos meses. Pero los dos años que estuve cuidándolo resultaron una bendición para mí. Era un gran lector, muy culto y había viajado mucho. Me tomó bajo su ala y se propuso educarme más allá de mis estudios técnicos. Empezó por entregarme los diez libros que él consideró los más básicos de la literatura universal. Luego me dio diez más y así hasta llegar a los cuarenta. Después de terminar cada libro conversábamos sobre el autor y su obra.

Cuando terminé el último libro, le pedí más, pero él me dijo:

- Ya tienes todo lo que necesitas para seguir por tu cuenta. De ahora en adelante desarrollarás tus propios intereses y gustos literarios.

Nos reíamos con frecuencia y yo le decía que tenía que haber abierto una academia que vendiera "Cultura en cuarenta libros". Me dijo que le había resultado fácil la tarea, además de encantadora, gracias a un libro escrito por un francés muy conocido que precisamente condensaba "una cultura en cuarenta libros". Me dolió terriblemente perderlo. No sabes cuánto y lo muy agradecida que estoy a la vida por ese regalo que me puso por delante. Comencé a recorrer las ventas de libros de segunda mano, a ir a cuanta exposición y museo tuvieran días de libre entrada... y, de vez en cuando, me daba el gustazo de ir a un cine o a una pieza de teatro.

No hay mucho más que contar. Me entusiasmé con un compañero de clase y una cosa llevó a otra. Pensé estar enamorada, pero cuando salí embarazada y él me propuso abortar, supe que la relación había terminado. Es verdad que extrañaba mi casa, mi madre, el pueblo, la hacienda y la situación de mi embarazo no hizo sino precipitar mi decisión de regresar. De no ser por esto, quizás me hubiera quedado en Caracas con ocasionales visitas a Guayana. Pensé que mis estudios me permitirían participar en algún proyecto de turismo. Guayana tiene tanto que ofrecer...

Su mirada se entristeció y Claudio sintió pena por esta joven mujer y sus sueños no cumplidos. Quería cobijarla, protegerla y, sobre todo, amarla. Si bien era cierto que él había conocido mundo y ella solo Caracas, ahora comprendía mejor por qué se sentía tan cómodo con ella. A pesar de las diferentes circunstancias de vida, emocionalmente ambos eran jinetes que iban a caballo de dos mundos. También le agradeció al cielo que ella se hubiera educado y culturizado, sin perder la frescura y autenticidad que lo habían seducido.

-Eres joven y todavía tendrás tiempo de alcanzar ese sueño.

-Hace años que ese sueño no está presente en mi vida. Te lo conté porque también quiero que sepas de mí. Cuando regresé mi madre me acogió y una vez nacida Mariángel, supe que debía buscar trabajo para asegurar algún modo de vida. Teodosa necesitaba ayuda y yo necesitaba un espacio que nos aceptara a las dos. Tu vieja me dio eso y más. Le estaremos siempre muy agradecidas. Un día siguió otro y me sentí en paz, hasta que llegaste tú y volteaste mi mundo del revés. Así es que ahora, ¿qué hacemos?

Claudio la abrazó y besó largo rato, con más ternura que pasión. Ella se dejó. Juntos vieron como se apagaba la tarde y supieron que solo existía una respuesta posible, seguir adelante.

Dos meses más... Otro mes y cumpliría medio año desde su regreso a Guayana. La vida en Tres Ríos tenía su propia manera de obviar el tiempo. La tierra exigía. Poco a poco iba aumentando el ganado y la producción de leche y queso comenzaba a ser interesante. Sin embargo, por el momento todo era gasto. Claudio apostaba a que algún día se le vería "el queso a la tostada", como solía decir Teodosa. Su participación en las empresas aportaba un buen dinero, pero tampoco era un barril sin fondo.

El gerente que dirigía la empresa en Estados Unidos lo necesitaba, era impostergable su presencia. Y Claudio le daba largas, pues su relación con Felicia tomaba protagonismo en su vida. En poco tiempo, ella se había convertido en su amante, confidente y sostén emocional. Se sintió navegar en aguas desconocidas, deliciosas, y por primera vez ansió formar familia. Habían dejado la tontería de andar escondidos y ahora convivían abiertamente. No permitían comentarios ni juicios de terceros, por más cercanos que estos fueran. Simplemente, vivían su momento a plenitud.

Las cosas en el país iban de mal en peor. Las bravuconerías del nuevo mandatario, en todo queriendo emular a su predecesor, solo complicaba aún más la crisis que se desataba con furia en lo social, en lo económico y en lo político. Volvía a ser objeto de noticia las expropiaciones e invasiones. Don Justo, en sus recorridos, recogía la preocupación de los hacendados. Escuchaban rumores de nuevas "acciones" revolucionarias en los alrededores, de terratenientes expulsados de sus casas familiares por las buenas o por las malas, de campos en plena producción tomados para el bien de la Causa. Los tiroteos empezaban a ser más frecuentes cuando alguno se resistía; la mayoría sopesaba el valor de su vida y la de sus familias y se marchaban dejando todo atrás. Los que contaban con medios económicos emprendían el tortuoso camino del inmigrante con la esperanza de poder reinventarse en algún país extranjero.

También la gente del pueblo se preocupaba. Con mucho esfuerzo habían logrado devolverle cierta dignidad, las calles limpias, los grafitis arrancados y cubiertos con la pintura que Claudio había donado. Todos temían el regreso del Cojo Régulo y Claudio tenía la certeza de que, si este volvía, Teodosa se pondría en pie de guerra y no cejaría hasta lograr su cometido. Claudio sabía que ella iba semanalmente al pueblo a ver al sargento Alcides, "para que sepa que no olvido y que mejor se cuide él también, a cada cochino le llega su sábado". Ya no se podía esconder tras el trillado "estamos en proceso de investigar los hechos". Dos Santos también le preocupaba, se hacía viejo y cargaba con mucho peso. Una noche, ya en su habitación, Claudio le anunció a Felicia que debía viajar a Boston. Ya no podía retrasar más el asunto.

- ¿Y volverás?

-Solo estaré un par de semanas. Tengo cosas urgentes que resolver y mejor hacerlo ahora mientras aquí todo está relativamente tranquilo. Sí, volveré.

UN SUCESO IMPREVISTO

Faltaban solo dos días para su viaje a Boston. A Felicia la veía preocupada, a veces retraída. Debía presentir lo que él ya tenía claro. Finalmente, se enfrentaría a la decisión que tanto rehuía. ¡Tanta incertidumbre! Para aliviar su desasosiego se decía que tenía su lado bueno, ya que no le quedaba otra que vivir el presente. Cuando estaba en este humor reflexivo, tenía la costumbre de cerrar los ojos y pasar los dedos suavemente una y otra vez alrededor de los mismos. Quizás con los ojos cerrados podría ver mejor.

De pronto, abrió los ojos y vio ante él la figura de Santos. Se le notaba incómodo, pero sin ese aire desafiante que solía manifestar en los encuentros con Claudio. «¿Y ahora qué se trae entre manos?»

-Si no le molesto, quisiera hablar con usted.

-Adelante, Santos. Toma asiento. Te escucho.

-Vengo a pedirle trabajo-, le espetó sin más.

- ¿Quieres trabajar en Tres Ríos? ¿Por qué no has hablado con tu padre? Es él quien se ocupa de las contrataciones.

-Porque usted y yo sabemos que hay cosas que aclarar entre los dos.

Claudio observó a Santos por primera vez con detenimiento, mientras esperaba paciente a que continuara. Se veía nervioso y se movía en la silla como si estuviera listo para salir corriendo. Más bien mulato, se parecía más al padre que a Teodosa, quien había legado su negrura solo al mayor de sus hijos. Este se parecía a Dos Santos en estatura, pero la contextura fuerte del padre no había hecho mella en el benjamín, tercero y único sobreviviente de la pareja. Su mirada un tanto huidiza podía deberse a sus evidentes nervios, y quizás también a la incomodidad que debía producirle el recuerdo de sus primeros encuentros, salidas intempestivas y bastante groseras, por demás. Sacando una cuenta rápida, llegó a la conclusión que rondaría los treinta años. Eran, pues, contemporáneos y muy diferentes. No era cuestión de clase social. Claudio había conocido mundo, una educación esmerada y contaba con años de experiencia en liderar empresas exitosas. Santos no había pasado de Río Fuerte, salvo por sus dos viajes a Caracas hace bastantes años, y su falta de mundo lo había pescado en mal momento. Se dejó engatusar por las promesas de la tan cacareada "revolución bonita".

Al ver que Santos no encontraba cómo comenzar la conversación, Claudio le dijo:

-Vamos a ver si te ayudo un poco. Sientes enorme desagrado por mi persona y por lo que represento, el empresario ricachón, hacendado que tiene lo que crees debe ser de todos. Creías en la revolución a pies juntillas, hasta que la muerte de tu hermano te hizo recapacitar. Errores se han cometido de ambos lados, pero nada puede justificar el asesinato. ¿Cierto? ¿Qué tal voy?

-Sí, señor. Va bien. Vengo a pedirle trabajo porque lo necesito. Veo que no hace política y que solo trata de poner la hacienda a producir. También, porque quiero ayudar a mi padre que ya está demasiado viejo para estos trotes y, sí, para repensar mi afiliación a la Causa. Sigo creyendo que los gobiernos anteriores cometieron muchos errores y no los condono...

-Ni yo, Santos.

-Pero también me repugna la violencia que veo de mi lado. Así no se llega a ninguna parte. Tampoco me convence aquello de "si yo no tengo, tú tampoco". No veo por qué no podemos hacer nuestro camino trabajando honestamente.

Claudio lo observaba. El ser que tenía enfrente no era el "muchacho descarriado, pero de buen corazón" que pregonaba Teodosa; más bien era un hombre hecho y derecho que sufría su primera gran decepción ideológica.

-Nada bueno puede salir de ignorar las necesidades de la mayoría en pro de las agendas personales. Tampoco nada bueno puede resultar de la envidia pura y simple. Al menos parecemos tener algunos valores en común. Es un buen comienzo, del resto, el tiempo lo dirá. Solo pido lealtad y compromiso con el trabajo y que nuestra vida en Tres Ríos se mantenga, si no ajena, al menos no contaminada por la situación política. Si estás de acuerdo, el trabajo es tuyo.

REGRESO A BOSTON

Había llegado al aeropuerto con demasiadas horas de anticipación. Siempre le pasaba lo mismo, pero era un hábito que no lograba sacudirse. Hubo un tiempo en que llegaba directo al salón VIP de la aerolínea y aprovechaba para seguir trabajando. Esta vez no lograba concentrarse. Se imaginaba en un ring de boxeo: en una esquina, los sentimientos, Felicia, Tres Ríos; en la otra, las empresas, su vida en Boston y las decisiones puras y duras que debía enfrentar. Ambos contendientes estaban listos para la pelea final.

Recordó una conversación que tuvo con ella sobre lo "bueno" de los aeropuertos. Él se rio. "Para mí no hay nada bueno en un aeropuerto. Son un mal necesario para ir de un sitio a otro." Ella le contestó que su paso por los aeropuertos de Caracas y Puerto Ordaz le habían ofrecido un lindo espacio para meditar.

Claudio no dejaba de reír. "¡Es una barbaridad lo que estás diciendo! ¿Cómo puedes meditar en medio de ese gentío corriendo de un lado para otro?"

- ¡Ya veo que no estás acostumbrado a meditar, querido! No creerás que la única forma de meditar es sentándose en posición de loto. Tu abuelo y tu padre seguro que lo hacían cuando iban al río por las tardes, y yo lo hago a mi manera. Busco concentrarme en algo con mucha intención y así alejo todo lo demás que da vueltas en mi cabeza. Entro en otro espacio… puede que lo haga con una música, siguiendo sus tonos más altos y bajos como si viajara en una montaña rusa. En los aeropuertos, me concentro en inventarle historias a cualquier pasajero que me llame la atención. Me reconforta alejarme de los problemas y el silencio a veces me habla.

Claudio salió del salón VIP. De pronto, le resultó aburrido. Aquí y allá algunos leían la prensa o se servían algo de tomar; otros se encerraban en el pequeño cuarto para fumadores; unos pocos hablaban por celular y él no sentía necesidad por ninguna de esas actividades. Se sentó en la sala de espera de la puerta de salida correspondiente a su vuelo. No estaba acostumbrado al tumulto de gente que iba a toda prisa por los grandes pasillos de distribución. A él le avisaban cuando estaban abordando y pasaba de una sola vez a instalarse en su confortable sillón de primera clase.

Le pareció divertido ensayar el ejercicio de Felicia y, sin embargo, su atención se fue al reflejo de los pasajeros en el piso de granito pulido a medida que cruzaban con prisa el pasillo central. El mundo al revés, así sentía el suyo. Regresaba a su hogar de tantos años y lo sentía ajeno. En cambio, los viejos espacios en Tres Ríos ahora le inspiraban una mayor sensación de hogar. Definitivamente, el mundo al revés… ¿Y cómo inventarles historias a estos pasajeros "al revés"? Todo tenía que ver con Felicia y esta impulsiva y apasionada relación que había nacida entre ellos. Lo cierto es que había dejado la comodidad del salón VIP y aquí se encontraba intentando inventarles historias a unos reflejos en el piso. Sonrió incrédulo ante tan descabellado esfuerzo.

Claudio soltó un largo suspiro. A punto estuvo de volver a sus viejos hábitos, «debo enfocarme en el porqué de este viaje», mas sus emociones lo llevaban por otro lado, le jugaban sucio y lo incitaban a dispersarse. «Bien, que así sea, no pienso luchar contra esto ahora». Recordó el sabio consejo de una buena amiga, "de vez en cuando tomar distancia de los asuntos urgentes trae beneficios insospechados". Buscó el *ipod* y los audífonos y se entregó a la música.

Le había dicho a la asistente de vuelo que no lo despertara para las comidas, pero el sueño deseado lo eludía burlándose de su necesidad de dormir de corrido. Un cabecear continuo es lo único que pudo lograr. Su futura reacción al reencontrarse con la ciudad donde había vivido dieciocho años y la tristeza de Felicia cuya boca decía "buen viaje", mientras que los ojos solo decían "vuelve a mí", lo habían dejado exhausto.

Esperaba que no se "prendiera ningún fuego" en Tres Ríos, mientras estuviera fuera y que no le trajera complicaciones la presencia de Santos y el pequeño grupo de amigos que propuso incorporar al trabajo de campo. Pasó revista al grupo la víspera de su viaje. Se veían bien intencionados y le entrarían de lleno al trabajo –al menos eso esperaba-, pero Claudio sabía que todavía luchaban con la decepción que ahora empañaba su idealismo político. También les costaba aceptar que de este lado nada era ni bueno ni malo, solo diferente. Por eso había dejado bien claro que Tres Ríos no era escenario de discusión política y que allí se trabajaba por y para la tierra.

Cuando tenía los ojos abiertos pensaba en Felicia, pero apenas lo tomaba el cansancio aparecían fragmentos de ese condenado sueño que no terminaba de aflorar y que se disipaba en cuanto abría los ojos de nuevo. A su lado viajaba una monja ya mayor, que lo miraba con curiosidad. Le recordó aquella religiosa que casi se lleva por delante al bajar del avión en Puerto Ordaz. Esta, sin duda, se daba cuenta de la intranquilidad de su compañero de viaje y con cierta ternura le preguntó si le pasaba algo.

-Pues mire usted, sí, me pasa de todo. ¿Qué puede hacer uno cuando se enfrenta a una decisión que no sabe si está preparado para tomar? ¿Cuándo la cabeza le dice una cosa y el corazón otra?

Claudio la miró asombrado. ¿Había dicho todo esto en voz alta? La monjita lo miraba con atención y sonreía.

-En ese caso solo puede confiar en los designios del Señor.

Pedro José López -a quien los norteamericanos llamaban PJ, pronunciado en inglés, naturalmente- esperaba a Claudio en la terminal del Aeropuerto Logan. De padres venezolanos, pero nacido en los Estados Unidos, no sentía ramalazos perturbadores de nacionalismo. Su pasado, presente y, así lo esperaba, su futuro se circunscribía a este pedazo de territorio americano. Era el director general de la empresa de telecomunicaciones que presidía Claudio quien, hasta ahora, supervisaba todo con el ojo del amo. Llevaba seis meses lejos del negocio. «Demasiado tiempo», pensó PJ.

-Hola, Claudio, bienvenido a casa. ¿Cómo estuvo el viaje?

-Bien, todo bien. Estoy bastante cansado, ¿podemos reunirnos mañana a primera hora? Tenemos mucho que hablar y solo estaré dos semanas.

- ¿Es que no te quedas?

-Hablaremos con calma mañana. Ahora lo que quiero es llegar a casa, desempacar y acostarme.

-Claro, por supuesto, le contestó PJ con cierto nerviosismo.

La calle Marlborough lo esperaba con su tranquilidad de siempre, los árboles ahora desnudos por el invierno y sus curiosos faroles a gas que se mantenían encendidos las veinticuatro horas. Al entrar en su apartamento en el tercer piso, a Claudio le pareció que olía a encerrado. Las gruesas cortinas permanecían cerradas como siempre y las abrió para que la luz de la mañana entrara sin obstáculo al día siguiente. Miró a su alrededor y reconoció el decorado refinado, los muebles de estilo, las estancias debidamente separadas según su función. Y, sin embargo, se sintió como un extraño en su propia casa. Abrió la nevera, perfectamente organizada y repleta de comida, su ama de llaves cumplía bien sus tareas. Solo alcanzó a servirse un whisky y a revisar a medias los puntos a tratar al día siguiente. Por último, llamó a Felicia para avisarle que había llegado bien y se fue directo a la cama en espera de que la noche lo recibiera con benevolencia.

Felicia hubiera querido hacerle mil preguntas, decirle que lo amaba más que la vida misma. De su boca solo salió, "descansa que ha sido un largo viaje. Hablamos mañana". Gruesas lágrimas corrieron por su cara. Teodosa la cobijó en su generoso seno, mientras le acariciaba la cabeza una y otra vez.

- ¿Por qué no se lo dijiste?

-Porque la decisión que ha de tomar necesito que lo haga libre de toda presión-, y la quietud de la noche guayanesa supo guardar su secreto.

A pesar de haber dormido corrido, al despertar, la soledad de su cama lo entristeció. «Solo unos minutos más», se dijo. Cerró los ojos y, por un instante, recordó otras noches, apasionadas, cálidas, envueltas en el olor a lavanda que despedía ese cuerpo que había llegado a necesitar tanto. Había pensado pedirle a Felicia que lo acompañara, que la necesitaba a su lado, pero sabía que este viaje lo tenía que hacer solo.

JP llegó puntual y la mañana transcurrió en repasar los libros y evaluar una posible fusión, que estaba sobre la mesa. No se engañaban, si bien es cierto que esto implicaba un salto cuántico en el alcance y, por ende, en los futuros dividendos que cosecharían, perderían el control de la empresa actual que, a pesar de no poder compararse con la mega corporación americana, les había servido bien. Claudio no dijo nada de lo que podría implicar su posible separación del cargo de presidente ejecutivo, quería primero evaluar si JP estaba a la altura de las circunstancias. El costo de mantener Tres Ríos era enorme y Claudio debía asegurar que sus ingresos no mermaran.

A las 12:30 llegó su ama de llaves. Aurora, no podía esconder su ascendencia martiniquesa. Su piel contrastaba con su nombre, pues era negra como la noche y aun después de veinticinco años en los Estados Unidos, le quedaba el acento francés de marcada entonación creole. Su vivacidad, amor por el trabajo y lealtad lo habían acompañado durante muchos años, llevando su casa con impecable seriedad y eficiencia. Como nada es coincidencia, él se preguntó si al seleccionar a Aurora, no lo había hecho pensando en Teodosa.

-Buenos días, señor Claudio. ¡Bienvenido a casa! Lo extrañamos. ¿Piensa recibir? Tendríamos que hacer una lista de sus requerimientos para hacer la compra.

-Gracias, Aurora. Es un gusto verte de nuevo. Gracias por mantener la casa en perfecto estado. No te preocupes por hacer más compras por el momento. Ya veo que tengo más que suficiente comida y he venido a trabajar, con poco tiempo para fiestas. Probablemente, comeré fuera casi siempre.

«Nuevos hábitos», pensó Aurora, acostumbrada a las frecuentes reuniones de su jefe. No le pasó desapercibido las cortinas abiertas...

Iban pasando los días. El tiempo libre que le dejaban las reuniones de trabajo, las empleó paseando la ciudad. Quería recorrer los espacios que había hecho suyos por tanto tiempo. La librería donde compraba sus libros, la tienda de música, el río Charles con sus plácidas aguas, tan diferente a la algarabía de las aguas de Guayana, pero no menos querido y la gente, ya vestida de invierno.

A pesar del frío y del viento que le aguijoneaban la cara, obligándole a entrar a tomar algo caliente en algún que otro café, decidió dedicar una tarde completa al río Charles. Este también buscaba su salida al mar y atravesaba las ciudades del Estado de Massachusetts hasta llegar al puerto de Boston y desembocar en el Atlántico. Hizo varios intentos de sentarse en uno de los tantos bancos que bordean el río. Quería encontrar en su silencio alguna señal, que le hablara como lo hacía aquel otro río, que lo recibía cada atardecer, pero el frío lo obligaba a seguir en movimiento. Cuántas veces había atravesado el Puente Harvard hacia Cambridge, para atender las clases de su postgrado... Cuántas veces había disfrutado de los veleros que surcaban sus aguas en verano y de las tardes escuchando la sinfónica Boston Pop.

Continuó hasta llegar al Prudential Center y desde su terraza a doscientos metros de altura recibió con emoción la vista del perfil de Boston al caer el sol.

Salió a comer con dos o tres amigos, aquellos que no insistían en hacer preguntas indiscretas y que solo disfrutaban el reencuentro. También llamó a Emma que, una vez pasado el furor de la aventura, se había convertido en amiga querida. Les habló de Guayana, de Tres Ríos y a ninguno le mencionó Felicia. Esta le pertenecía solo a él, a sus nuevos sueños y deseos más íntimos. De noche, se recogía en el apartamento con un trago y un poco de música. Cuánto había extrañado su música en Tres Ríos. Él era más Miles Davis o Ella FitzGerald y Louis Armstrong; en la hacienda solo encontró la colección de música clásica del abuelo.

A escasos cuatro días de la fecha de su regreso a Venezuela, la voz ronca y poderosa de Nina Simone lo acompañaba en esa noche solitaria. Al día siguiente, llamó a JP para informarle que había tomado la decisión de hacer vida permanente en Guayana. Le ofreció la presidencia ejecutiva de la empresa.

- ¿Quieres hacerte cargo? Estás más que preparado para ello y pienso que tendrías un reto muy prometedor por delante. Quiero mantenerme vinculado y la mejor manera sería la de ocupar un puesto de Asesor al Consejo Directivo. No te niego que es de vital importancia para mí seguir percibiendo utilidades, por lo que mantendría mis acciones más los honorarios que acordemos. ¿Qué me dices?

Los días siguientes los dedicó a poner en marcha su decisión. Una vez que JP asimiló el cambio de timón, ambos trabajaron en los documentos a redactar y en hablar con los nuevos socios, que aceptaron sin mayor dificultad las decisiones tomadas pues, en verdad, su interlocutor directo estos últimos meses no había Claudio, sino JP. Giró instrucciones para la venta del apartamento y contrató la mudanza de lo que había decidido llevarse a Guayana. Le apremiaba regresar. Aurora se quedaría con JP lo que contentó a Claudio, pues ella había sido una empleada ejemplar. A Felicia quería darle la noticia en persona, verla recuperar la alegría y la confianza en la solidez de su relación.

¡Los dados estaban echados y solo quedaba esperar que el universo le confirmara que había tomado la decisión correcta! La tarde antes del viaje, paseó una vez más las calles de Boston. Agradeció a esta ciudad del norte las bondades y satisfacciones que de ella recibió durante tantos años.

REGRESO A TRES RÍOS

Su primer reencuentro con Guayana tuvo el sabor amargo de un entierro. Ahora, al bajar del taxi y ver a Felicia correr hacia él, Claudio supo que llegaba al calor del hogar y a los brazos de la mujer que amaba. Que la vida trajera lo que quisiera, este momento lo valía todo.

¡LUNA DE MIEL ADELANTADA!

- ¿Qué te parece si adelantamos la luna de miel?

- ¿Qué dices? No entiendo...

-Veamos, estás en tu cuarto mes de embarazo y faltan dos para la boda. Eso quiere decir que no pienso llevarte al trote con una barriga de seis meses y una vez nacido nuestro hijo, ninguno de los dos querrá ausentarse. Entonces, he pensado, ¿por qué no hacer la luna de miel ahora? ¿Te parece una idea demasiado descabellada?

- ¿Y a dónde me llevarías?

-A dónde tú quieras.

-Pues... quiero conocer algo de Europa. Quiero ver y sentir en mi piel algunas de las ciudades que aparecen en los libros que don Arturo me prestaba.

- ¡Hecho! Prepararé un itinerario de un mes y te lo presento a ver qué opinas.

Así tomaban las decisiones. Cuando estaban de acuerdo en algo, seguían adelante, sin desmenuzar los pros y los contras. A los pocos días, anunciaron el viaje... y a la semana siguiente emprendieron camino a los cuatro países que Claudio escogió como puerta de entrada al viejo continente. Inglaterra, Francia,

Italia y España. Claudio los conocía bien y se vio tentado de evitar las capitales y buscar las ciudades secundarias que más lo habían impactado, pero eso tendría que esperar a otros viajes. Este era su regalo de boda y el primer contacto de Felicia con Europa no podía darse, sino en Londres, París, Roma y Madrid.

Las mañanas las dedicaban a visitar los lugares emblemáticos de cada ciudad, pero por las tardes Claudio la llevaba a sitios menos conocidos... A una trattoria en las afueras de Roma donde los colores de la fruta y verduras de temporada vibran como el temperamento italiano; al Lamb Tavern exponente de la tradición londinense que data del s. XIV o a cualquiera de los innumerables cafés de la Rive Gauche parisina.

-Cada ciudad tiene un olor, una luz y un color propios. Si observas bien a la gente en la calle o en el metro, distinguirás fácilmente a los locales de los turistas, pero también reconocerás a un francés de un inglés o un italiano. Lo delatan su manera de caminar, de gesticular, de mirar, de sonreír o no... Tu percepción de su realidad, estas son las cosas que quedarán en tu memoria. Europa no tiene las vastas llanuras de Guayana y sus mágicos tepuyes, pero tiene otros encantos. Siglos de historia, guerras, conquistas, arte y música. Igual caminas por una pequeña calle empedrada, que conoció el paso de los emperadores romanos, de Da Vinci o de Mozart.

En un café de Madrid, Claudio le dijo:

-Trata de oír lo que dicen las dos señoras sentadas en la mesa de al lado. Si les cambias el vestuario y modificas el entorno, -eliminas la pantalla con el videoclip de Madonna y los mesoneros en vez de ser coreanos fueran madrileños de pura cepa-, podrían muy bien representar dos amigas de siglos atrás, contándose sus cuitas familiares: que si la hija menor de fulanito se escapó con sutanito y salió preñada; que si el pan no da para tantas bocas; que si pronto llegará el invierno con el frío que cala en los huesos; que si hay que darse prisa en hacer la reserva de mermeladas y compotas. Mira sus arrugas. Es cierto que ninguna de las dos tiene menos de ochenta años, pero ¿verdad que las líneas que cubren esas caras son diferentes a las de Teodosa?, o si no queremos hacer comparaciones entre razas, piensa en don Justo o en Casimiro. Las líneas que cruzan las caras de nuestras vecinas son fieles exponentes de un continente que lleva siglos sufriendo inviernos y sequías, que ha vivido un sinfín de guerras, y ha visto diezmada su población por epidemias terribles que acabaron con la vida de cientos de miles sin distinción de sexo, edad o posición social.

Felicia cerró los ojos y sus manos alrededor de la taza de chocolate caliente, espeso y reconfortante. Una sonrisa jugueteaba en sus labios y se sintió agradecida de tantas cosas; poder ver de primera mano lo que tantas veces había solo imaginado en sus lecturas, guiada por el hombre que amaba y cuyo hijo esperaba. Regresó al café, al momento. Las señoras se marchaban; una ayudando a levantarse a la otra que se apoyaba en el brazo de su amiga y en el gastado bastón que sujetaba con naturalidad. Parecía una extensión de su brazo y hablaba de una relación de muchos años. Felicia las siguió con la mirada hasta que salieron de la cafetería, con un saludo de despedida al dueño. Ella pensó que quizás se citaban cada tarde en el mismo café para tocar los mismos temas, revivir los mismos eventos, no fuera a ser que la muerte las sorprendiera en el limbo del olvido. Retiró una mano de la taza y con la palma hacia arriba se la ofreció a Claudio.

-Podríamos planificar dos viajes al año y te enseñaré mis lugares favoritos, -le dijo él- lejos de las capitales, donde la gente del campo tiene un sabor muy particular.

-No planifiquemos, es pavoroso. Soltemos la intención al universo sin ponerle condiciones y esperemos a ver qué nos trae el futuro.

A Claudio le enterneció esta faceta de Felicia. A pesar de su barniz cosmopolita, en ella quedaba algo de las creencias de pueblo heredadas de su madre y su abuela. Quizás esconden una sabiduría insospechada.

Así pasaron los días, paseando, cogidos del brazo, las grandes avenidas del viejo continente, que pronto dejaría atrás el frío del invierno para recibir, una vez más, el verdor de la primavera.

LA BODA

En Tres Ríos, el entusiasmo permeó el ánimo de sus habitantes, pues recibieron emocionados los regalos que Claudio y Felicia habían escogido para ellos con especial cariño. Además, en cada una de las ciudades visitadas, habían comprado algo para el futuro heredero, en recuerdo de su luna de miel.

Los preparativos para la boda siguieron adelante. En la hacienda un pacto no verbalizado, pero asumido en común dejó para después del evento, la preocupación por la situación del país y los crecientes rumores de nuevas invasiones de tierras y haciendas. Don Justo se había acostumbrado a compartir con Claudio en el río semanalmente, al igual que lo hacía Avelino. Al dejar de lado lo político, estas conversaciones se convirtieron en un espacio de enriquecimiento intelectual y espiritual que los tres agradecieron. Eran frecuentes los silencios bajo el follaje del gran árbol que parecía encantado de ofrecerles su tupida sombra, ensimismados en sus propias reflexiones, acompañados por los peces que asomaban sus lomos pintados de dorado por el sol, que emprendía apresuradamente su descenso.

Por las noches, después de cenar, Felicia se encerraba en una habitación cuya entrada le quedó prohibida a Claudio. Con la ilusión propia de toda novia, preparaba, con telas que había comprado en Italia, los trajes que llevarían ella y su hija, el día de la boda.

Claudio había decidido que tendría dos padrinos, Avelino y Santos. Con la tierra de Guayana como ancla, representaban los dos lados de una misma moneda, las dos riberas de un mismo río. Cada uno puso cara de pocos amigos cuando supo la identidad del otro, pero el respeto por Claudio pudo más que el desagrado que sentían ante este padrinazgo compartido. «Ya es hora», pensó él, «que al menos por un día podamos tener la fiesta en paz».

Al fin, llegó el gran día. La tenue luz del amanecer invadió la habitación. Poco a poco fue cobrando fuerza hasta desplazar por completo el manto de nocturnidad. Claudio se volteó a mirar a Felicia que aun dormía. Le gustaba ver cómo se iban desdibujando las sombras en su rostro, cual pinceladas de gris que cedían su espacio al sol naciente. Ella abrió lentamente los ojos, al tiempo que el escándalo matutino de las guacharacas reunidas en el tejado y una explosión de mariposas amarillas les dio los buenos días.

Felicia saltó de la cama y se fue a la ventana. Claudio observó emocionado la silueta a contraluz que ya mostraba su embarazo.

- ¿Bajamos a desayunar?

-Nada de eso. Yo desaparezco hasta el mediodía. Tengo mucho que hacer y tirándole un beso al aire, salió presurosa de la habitación.

Desayunó solo. «Por lo visto, todos están desaparecidos», pensó Claudio y cogiendo el bastón y el sombrero, se dirigió al río. Encontró tres cestas y una nota de Felicia, "Las frutas son para las aves que te acompañan en tus reflexiones solitarias. Las migas de pan son para los peces que te han mostrado el impostergable fluir de la vida. Los pétalos, tíralos al río en honor de tus padres y tus abuelos, cuya memoria te ha traído de vuelta a Tres Ríos. Yo hice lo mismo muy temprano, en honor de los míos..." Claudio sonrió mientras pasaba los dedos por la caligrafía redonda y generosa de quien pronto sería su esposa.

A las 11:30 bajó a recibir los invitados. Claudio pensó que, si alguna vez le pasó por la cabeza casarse una tercera vez, nunca se hubiera imaginado un grupo tan variopinto como el que le esperaba en el salón. Se habían reunido en pequeños grupos. Teodosa, Dos Santos y Santos; el cura Justo, el bodeguero Casimiro y Rosalinda; Avelino Torres, solo. Todos vestidos con sus galas domingueras. Claudio se sintió satisfecho, estaban los que ahora formaban parte de su nueva vida. A sus socios en Caracas y en Boston, y a un pequeño grupo de sus amigos más queridos, les había enviado tarjetas de participación.

A las doce en punto, bajó Mariángel, orgullosa y muy seria en su papel protagónico de única dama de honor, vestida de amarillo pálido. Detrás iba Felicia que parecía más una ninfa de río, que una novia tradicional. Nada de velos y brocados. En vez del usual traje blanco, vestía de verde manzana, su larga melena recogida, salpicada de pequeñas falenopsias blancas. Solo llevaba los pendientes de perlas que Claudio le compró en Madrid. Se movía lentamente y su traje de gasa marcaba su ya evidente embarazo. Él se acercó y le ofreció su brazo. Juntos, se situaron frente a don Justo, un padrino a cada lado.

Don Justo estaba de un humor expansivo. Habló del amor cristiano, de la generosidad, de la lealtad. Si bien sus palabras estaban dirigidas a los novios, los demás asistentes encajaron el mensaje, cada quien a su manera. Teodosa bajó la cabeza y pensó que al cura le faltó mencionar la justicia. Dos Santos quiso entender que el amor cristiano también significaba la aceptación de lo bueno y lo malo del pasado, y de lo que el destino tuviera a bien presentarle. La gruesa lágrima que rodó por su mejilla curtida por el sol y la lluvia, le habló de los hijos perdidos y sus manos encallecidas, de su amor por la tierra. Por su parte, Santos se entregó a la fe y a la esperanza de un futuro mejor y abundante. Avelino reflexionó que quizás la generosidad exigía conciliación y amor al prójimo, por encima de cuitas y conflictos y que la primera prueba de esto sería ver en Santos a un hombre de bien. Casimiro, a sus ochenta años cumplidos, agradeció que ahora su bodega prosperaba, pero, más aun, agradeció su dignidad recuperada. Rosalinda miraba a Felicia a través de unos ojos rebosantes de lágrimas de madre, vínculo inquebrantable y perenne, que hoy se manifestaba en su hija y en su nieta.

El tradicional beso de los novios al finalizar la ceremonia, selló en la memoria de todos, el milagro de ese día.

LOS REVESES DEL DESTINO

Claudio encontró a Teodosa sentada a la mesa de la cocina con los ojos hinchados y rojos.

- ¿Qué te pasa?, le preguntó alarmado.

Ella se paró y comenzó a preparar el café.

-Deja el café para luego. Te sientas ahora mismo y me dices por qué has estado llorando.

-Mi viejo está enfermo, mijito. Tiene cáncer, bastante avanzado. Me prohibió decírtelo hasta después de tu boda. Aun así, ha pasado ya un mes y me ha hecho prometer silencio. Dice que quiere trabajar hasta el final. Pero ya está bien, llevo demasiado tiempo con esto atragantao. Soy egoísta, siempre le he pedido al Señor irme antes que él; ya ves lo poco que me escuchan allá arriba.

-No te voy a regañar, ya está hecho, pero tenían que habérmelo dicho desde un principio. ¿No hay tratamiento posible? Podríamos llevarlo a Puerto Ordaz o a Caracas...

-Él no quiere. Dice que hay que respetar los ciclos de la vida, que hay un tiempo pa' nacer y otro pa' morir.

Sí, su viejo amigo se había conciliado con las sabias palabras del Eclesiastés. De las "tareas" descritas en ese verso a él, Claudio, le faltaban aún muchas por cumplir. Esperaba no encontrarse en demasiado retraso y que al final cuando le llegara su momento, pudiera aceptar la transición con la misma dignidad que Dos Santos. También pensó que la gran ceiba pronto lo acogería, como si esperara sin prisas el cierre del ciclo de vida de uno más de los suyos.

-Haremos las cosas como él lo desea, Teodosa. Le daremos tareas menos fatigantes y que siga con las botas puestas, hasta que ya su alma pida liberarse. Enviaré por un especialista, no para imponerle un tratamiento que atente contra su dignidad, solo para que nos indique como apoyarlo en su proceso de bien morir. En cuanto a Tres Ríos, a Santos le toca asumir el relevo.

Tres Ríos acopló su ritmo a Dos Santos. Teodosa se dedicó a cuidarlo, Felicia se hizo cargo de la casa, en la medida en que su embarazo lo permitía. Rosalinda venía del pueblo dos o tres veces por semana para ayudar en la cocina, y entre Claudio y Santos se hicieron cargo de supervisar la cosecha de maíz y la producción de leche y queso.

Poco a poco, Dos Santos perdía fuerza. A veces dormía tranquilo, bajo la influencia de las drogas que le suministraban para evitarle grandes dolores. Pero casi siempre, el reposo se veía interrumpido por su lucha contra la muerte. Se manifestaba por la forma en que hablaba cada tarde con Santos sobre los asuntos de la hacienda. A pesar de que él lo tranquilizaba diciéndole que todo iba bien y que era hora de soltar, el hábito de los cincuenta años de trabajar la tierra lo perseguía...

A Dos Santos le preocupaba Teodosa. La cabeza se le había llenado de canas en pocas semanas y pasaba horas sin decir palabra. La veía cada vez más encogida y aquel porte fuerte y decidido, ya era cosa del pasado. Ella no había vuelto al pueblo y Dos Santos tenía la esperanza de que hubiera mermado su sed de venganza por el asesinato de Juan Pablo. Varias veces intentó que Teodosa le prometiera dejar las cosas como estaban, pero ella no se pronunciaba y él se alteraba al darse cuenta de que no estaría para calmar la furia de su mujer. Por lo pronto, en casa no se hablaba más del Cojo, de la revolución, ni del caos desatado en la capital del país. En Tres Ríos se esperaba la muerte, que no compartiría su espacio con la mediocridad y las pequeñeces cotidianas de los seres humanos.

Al caer la tarde, Claudio y Santos se aprestaban para dejar atrás la faena del día y acompañar un rato a Dos Santos. Uno de esos días, al entrar en el pequeño salón, los dos se encontraron de frente con María Belén. Pequeña, de una edad difícil de definir, delgadísima, vestida de negro y con el pelo gris peinado hacia atrás en un moño, pasaba su mirada de uno a otro. Los ojos más bien pequeños, un tanto juntos y la nariz larga y afilada, le recordaban a Claudio una persona que no lograba ubicar. Se empezó a sentir incómodo, pues ella no se movía y solo seguía mirándolos sin decir palabra. Segundos, minutos... Claudio no sabría decir cuánto tiempo duró esta especie de hechizo. Hasta que Santos, con una voz destemplada que no le conocía, llamó, "¡Mamá ven a llevarte a María Belén!"

Ella ya había comenzado a abrir la boca para hablar, cuando Teodosa la jaló por un brazo y se la llevó precipitadamente. Solo Teodosa pudo oír a María Belén susurrar, "¡Sangre y dolor!", ¡Sangre y dolor!".

- ¿Qué pasa aquí? ¿Qué fue todo esto, Santos? ¿Quién es esta mujer?

-Se llama María Belén y es la hermana menor de Casimiro, el bodeguero. Nadie la quiere y a mí me pone los pelos de punta cada vez que me la encuentro.

- ¡Es verdad! Ahora entiendo por qué se me hacía conocida. Es igual a su hermano, pero en mujer. Sí que es un tanto extraña, ¿no? Nos miraba de una manera muy desconcertante, pero, decir que te pone los pelos de punta...

Acababan de entrar en la habitación de Dos Santos.

-Hola, papá. ¿Cómo estás hoy?

-Ahí vamos, hijo. Ahí no más... ¿qué pasó allá afuera?

-Que el patrón se encontró con María Belén.

-Ah...

-Y, bueno, Santos, ¿me vas a explicar de qué va el misterio?

-María Belén es muy buena persona, pero desde pequeña ve visiones. Si al menos de vez en cuando fueran visiones de buenos momentos, pero ella solo ve eventos desastrosos y muertes. Comprenderá que nadie se siente cómodo con ella, ni siquiera su hermano. Se quedó para vestir santos, por supuesto, y cuando Casimiro se desespera, pues María Belén anda siempre como alma en pena y le ahuyenta los clientes, la manda unos días a casa de Rosalinda o aquí a casa de Teodosa. Estos días ha estado más tiempo y, la verdad sea dicha, con mamá dedicada solo a mi papá, María Belén ha sido de gran ayuda. En fin, patrón, cosas de pueblo. Es verdad que la pobre carga con esa cruz de ver el futuro, pero a todos nos pone nerviosos, cuando abre la boca para hablar.

En casa de Teodosa la dejaban ser como quisiera. Cada noche llenaba un pequeño cuenco con agua y lo dejaba en una esquina de su habitación. Si amanecía vacío, quería decir que rondaba por ahí algún fantasma. Cuando estaba de visita, aparecía por ahí Wilmer, el mono, que la seguía siempre y hasta Casimiro había terminado por aceptarlo. Con lo que no pudo, fue con la presencia de una *boa constrictor* o "tragavenado", así llamada por los lugareños dada su capacidad de engullir un venado completo y última mascota de María Belén. Una tarde Casimiro la encontró enroscada plácidamente en la bañera y el ultimatum no se dejó esperar, "o te deshaces de la culebra o te vas con ella para otra casa... ¡a ver si las aceptan!".

-En estos días la llamé-, empezó Dos Santos con un hilo de voz, -y le pregunté qué pasaría con Teodosa cuando yo muriera. Le dije que me preocupa que siga con su cruzada de vengar la muerte de Juan Pablo. Pero María Belén, solo movió la cabeza en negación y me contestó: "A los que están por morir, no se les puede ocupar con los asuntos de los vivos".

Pasaron siete días. Teodosa, siempre a su lado, le cogía la mano. Callos y arrugas se entremezclaban, mientras ella le hablaba en voz queda, recordando los eventos importantes de su vida en común. Él le sonreía y le decía que a él le hablaban desde el más allá sus padres y los dos hijos muertos prematuramente. Dos Santos volteó la cabeza y miró largo rato a la mujer que sostenía su mano con tal fuerza que él sintió el comienzo de un calambre. Ella parecía dormir con la barbilla apoyada en el pecho, pero era solo en apariencia. No había dejado su lado ni un instante y se mantenía atenta a su inexorable deterioro. A veces conversaban, recordaban, pero la mayor parte de las veces compartían en silencio.

Le quedaba claro que a quienes rondaban los feudos de la muerte solo les quedaba sobrevivir a cada amanecer. Poco a poco, disminuía el interés por los informes que Santos le presentaba sobre el acontecer de la hacienda.

Cerró los ojos y vio la imagen de la Teodosa joven, negra como la noche con unos ojos vivarachos y retadores. Una tras otra se sucedían las imágenes de su juventud, de las coquetas miradas de Teodosa cuando se encontraban "sin querer" en la cocina de la hacienda, cuando él pasaba por las tardes para informar al patrón y a su hijo Carlos sobre los avances en el campo.

Sus ojos fatigados revivieron los nacimientos de sus tres hijos. Tomás, el mayor, el más parecido a Teodosa en físico, pero no en temperamento; dulce y tímido, desde pequeño vivía en un mundo propio, cuyas fronteras mantenía celosamente cercanas. Había nacido blanco y poco a poco su piel se oscureció hasta llegar al negro pulido de su madre. Recordó la pregunta ingenua de Juan Pablo al preguntarle el porqué de este fenómeno y su respuesta bonachona en medio de una gran carcajada, "Muchacho, ¿no sabías que el zamuro nace blanco?".

Un hombre de bien, su Tomás, lo apuñalaron un día para robarle el pago semanal de los jornaleros de Tres Ríos. A seis años de haber asumido Chávez la presidencia del país, Dos Santos no dudaba sobre el carácter violento de la supuesta Revolución Bonita que predicaba, paz, amor y abundancia para todos. Juan Pablo asumió las tareas de Tomás, pero su carácter sociable y participativo lo convirtió en el mediador ideal entre los dos bandos que se radicalizaban exponencialmente. Pagó con su vida el apego a la justicia y el anhelo por una convivencia sana y respetuosa. A él y a Teodosa ni siquiera les quedó el consuelo de ver crecer a sus nietos, pues su nuera, horrorizada y asustada, cogió a sus muchachos y regresó a la casa de sus padres en el Amazonas.

Ahora le tocaba el turno al menor de los hijos. Dos Santos se consoló con saber que el muchacho por quien se había preocupado tanto, había dado un giro completo y en muy poco tiempo logró reencontrar los valores del trabajo y la familia. Se hizo cargo de la hacienda y mostró su capacidad de ser un jefe solidario y también firme con los trabajadores bajo su mando. Dos Santos elevó una oración al Todopoderoso, en quien nunca había dejado de tener fe, y le pidió que cuidara de su benjamín para que no corriera la misma suerte que sus hermanos. Esta tierra tan querida entregaba abundantes frutos a quienes la trabajaban, pero a cambio parecía exigir sangre.

La madrugada del octavo día, Dos Santos se dejó llevar y María Belén encontró el cuenco vacío. Una vez más flores blancas fueron a parar al río.

En la casa de los Fermín todo era silencio. Por tres días se encerró en su habitación; no hubo trajinar en la cocina y las luces no se prendieron al caer la tarde. María Belén se llevó sus presagios y su cuenco vacío para caerle a su hermano por unos días, o unas semanas, hasta que él se exasperara y la mandara a paseo de nuevo. Teodosa llevaba muchos lutos encima y la soledad que pesaba en su alma no era asunto de otros. Decidió celebrar el novenario y por las tardes los más allegados se reunían en su casa a rezar el rosario. No pudo dejar de lado la costumbre de tantos años y la primera parte del Avemaría la rezaba en silencio en recuerdo de Emiliana, usando su voz solo para la respuesta.

El embarazo de Felicia comenzaba a entorpecer sus tareas de casa y su madre pasaba ahora más tiempo en Tres Ríos que en el pueblo. Claudio estaba agradecido, pero extrañaba el refunfuñar matutino de Teodosa y el escándalo de las ollas, vajillas y puertas que, tercamente, se resistían a sus embates. Cuando regresó a la casa grande, se había encogido, tenía el pelo aún más blanco y su boca grande de risa fácil se había convertido en una apretada línea que nada bueno presagiaba. ¡Qué iluso fue al pensar que la muerte de Dos Santos ablandaría su determinación por dar con el Cojo Régulo!

A Claudio le sorprendió lo fácil que le resultó acostumbrarse a la vida familiar. Sus recuerdos traspasaron los días de tragedia y pérdidas y buscaron imágenes más felices del niño que disfrutaba de padres y abuelos, inocente del futuro que le esperaba. Y él agradeció su herencia en el despertar bañado por la luz de Guayana, su diario saludo al bebé por nacer, mientras acariciaba el vientre de Felicia, el trabajo arduo del campo, y los momentos solitarios y silenciosos al lado del río, que lo invitaba a entrar en espacios durante tantos años olvidados.

A Mariángel le regalaron una bella cachorra labrador color marrón con ojos color ámbar, que ella bautizó con el nombre de Chispa por su temperamento juguetón. Pero los perros escogen a sus amos y Chispa escogió a Claudio. Juntos iban al río y ella pedía subir a sus piernas, donde dormía plácidamente hasta que se hizo demasiado grande para la gracia. Entonces, Claudio desechó la silla a rayas azul y blanco y se acomodaba en el suelo, la espalda apoyada en el tronco del árbol con Chispa a su lado, la cabeza encima de su pierna.

Santos heredó las obligaciones de su padre y asumía el reto con valentía y honestidad. Lo que comenzó con una reunión semanal, se convirtió en largas y frecuentes reuniones. Esta relación de dos contemporáneos, compartiendo similares expectativas, preocupaciones y sueños a Claudio le había sido imposible tenerla con Dos Santos, porque siempre anteponía el "patrón" al amigo, por más afecto que le tuviera. Poco a poco, Tres Ríos se fue llenando de sangre joven que aportaba, no solo el sudor de una jornada, sino también ideas novedosas. La hacienda recuperaba el entusiasmo que debió arropar el ánimo de su abuelo en tiempos lejanos.

Teodosa, sin embargo, se había vuelto taciturna. A pesar de que Santos ahora vivía con su madre, la casa parecía no querer soltar su luto y la nostalgia por la ausencia de Dos Santos. El sol parecía pasar de largo y una luz tenue y grisácea ocupaba sus espacios, que solo escuchaba el pisar arrastrado de una vieja con demasiados años encima. Teodosa ya no se sentaba en el corredor a esperar la caída de la tarde; en cuanto terminaba sus labores en la casa grande, regresaba a la suya y se recluía en su habitación hasta el día siguiente. Demasiadas penas se acumulaban en su alma. María Belén rondaba de nuevo por ahí, hasta que Santos la mandó de vuelta al pueblo. Cuando Claudio le preguntó si no creía que las dos mujeres encontraban consuelo la una en la otra, Santos le respondió: "al contrario, se potencian sus tristezas y temo que Teodosa no pueda superar la pérdida de mi padre".

INFELICES RUMORES SE HACEN REALIDAD

Don Justo llegó a la hacienda alterado y llamando a gritos a Claudio. Eran las seis menos cuarto de la mañana. Alarmado, Claudio se levantó de la cama y bajó las escaleras a toda prisa, todavía en pijama. Lo que vio fue a un anciano que iba de un lado a otro de la gran sala, mientras se pasaba, una y otra vez, las manos por la calva.

- ¿Pero, ¿qué le pasa? Siéntese, hombre, y cálmese.

En voz baja para que Teodosa no lo oyera, dijo: "¡El Cojo Régulo regresó y anoche se armó la sampablera en la bodega de Casimiro!". Las palabras las soltó a trompicones. La mandíbula le temblaba y sus pequeños ojos no lograban enfocar en sitio alguno, sino que se movían de arriba abajo y de un lado para otro. Claudio le pidió que respirara profundo, mientras él buscaba agua y café en la cocina. Teodosa preparaba la masa para las arepas y parecía indiferente al escándalo de hacía unos minutos. Claudio la observó un buen rato, ni por un momento se creyó la aparente calma de su nana y, con bandeja en mano, se aseguró de cerrar tras él la puerta de la cocina.

Una vez recuperado el poco aplomo que le quedaba, el cura echó su cuento.

-Ya corrían rumores de que el Cojo se reagrupaba. Anoche estaba yo en la bodega de Casimiro tomándome un vinito, cuando la puerta se abrió de un tirón y entró el Cojo con ocho más. Hace un tiempo que mi pueblo había recuperado su dignidad; las fachadas pintadas, los grafitis eliminados. Nos manteníamos enterados de lo que pasaba en Caracas, pero el sentir de "dos bandos" ya no formaba parte de nuestras vidas. Sentía que había cumplido mi misión de reconciliación. Ahí estábamos, Casimiro y yo, dos viejos al final de sus vidas, esperando pasar nuestros últimos días en paz. *Brevis ipsa vita est sed malis fit longior.*

La presencia del Cojo y su grupo nos llevó violentamente a otros tiempos, oscuros y llenos de maldad. Con ínfulas de patrón, declaró:

-Aquí nos tienen de vuelta. ¿Creyeron que no vendría a terminar lo empezado? ¡Danos de beber, Casimiro!

-Paga primero, Cojo, se acabaron los tiempos de bebida y comida gratis. Este es un establecimiento serio."

Con un gesto de la cabeza, indicó a sus seguidores que eran libres de servirse ellos mismos. Casimiro cogió su rifle de perdigones y los encañonó. El manotazo del Cojo no se hizo esperar. Salió volando el rifle y Casimiro quedó tendido en el suelo. En eso apareció María Belén.

- ¿Y qué? ¿Aquí solo hay viejos? Eso va a cambiar. Traemos sangre nueva, ¿verdad muchachos? ¿Y quién es esta? Y soltó una carcajada, seguida de un escupitajo que fue a parar a los pies de María Belén.

Ella no se movió, lo miraba con esos ojos puntiagudos que tiene y de su boca salió: "Sangre y dolor. Sangre y dolor." No te puedo decir cuántos minutos pasaron antes de que el hechizo lo rompiera

Casimiro; levantándose del suelo, buscó una servilleta para limpiarse la sangre de la boca, y cogió a María Belén por un brazo, diciendo: "Vete a casa ahora mismo".

No sé cómo interpretar las miradas que intercambiaron, pero al Cojo se le fue del cuerpo la bravuconería y dando media vuelta, salió de la bodega. Por una vez, agradecí al cielo la presencia de María Belén.

Anoche saquearon la farmacia de Rosalinda que, bendito sea el Señor, supe que estaba aquí con ustedes. No sé por dónde ni en qué andan, porque esta mañana, ya se habían marchado."

Claudio escuchó el relato de don Justo sin decir palabra. El café se había enfriado y los dos estuvieron en silencio por un rato largo. Claudio empezó a caminar por la sala, mientras el cura sacaba su rosario y rezaba.

-Necesito hablar con Avelino, cuanto antes. ¿Puede hacerle llegar el mensaje? No sé si es buena idea que regrese al pueblo. No quiero que corra peligro, si quiere puede quedarse aquí con nosotros, hay espacio suficiente.

-Hijo, te agradezco tu ofrecimiento, pero mi lugar está en el pueblo, que necesita de su cura más que nunca. *Serva me, servabo te.*

-Como quiera, don Justo. Si le parece bien, me gustaría que estuviera presente en mi reunión con Avelino. Solo ustedes dos, no quiero a Santos metido en este embrollo. Ya hablaré con él.

-Aquí estaré, entonces hasta la tarde. *Si vis pacem, para bellum.*

Claudio lo acompañó hasta la puerta. Las frases en latín se hacían cada vez más frecuente, testigo de la desesperanza del viejo cura. Ninguno de los dos se percató de la figura sentada en el último escalón de la escalera, sujetándose el vientre; o de la vieja asomada por la puerta entreabierta de la cocina.

Al llevar la bandeja a la cocina, no encontró a Teodosa. Esperó sinceramente que no hubiera oído el relato del cura. Subió a su habitación y se encontró con la mirada de Felicia.

-Ya veo que lo oíste todo. No quiero que salgas de la casa. Le pediré a uno de los muchachos que busque a Mariángel en la escuela. Si tu madre no se ha enterado de lo ocurrido en su farmacia, mejor no decirle nada, pero pídele que se quede contigo. No sé para dónde cogió Teodosa, pero ahora debo ir en busca de Santos.

Ella se acercó y lo abrazó largamente, la presencia del hijo entre los dos.

Claudio ensilló su caballo. Los días del jinete novato habían pasado y salió al galope en busca de Santos. La casa donde se manejan los asuntos del campo es pequeña, sencilla, pintada de blanco. No da la impresión de que desde allí se manejan las vastas tierras de Claudio Blanco. La simplicidad de su exterior contrasta con lo complejo del interior, que refleja la desbordante actividad del nuevo encargado. En la época de Dos Santos, el lugar solo servía de punto de encuentro de los jornaleros que trabajaban en tiempos de cosecha, y del poco personal fijo que atendía la producción de leche y queso. La hacienda apenas se sustentaba y producía algo para el pueblo. Ahora, era el centro de reuniones donde continuamente se intercambiaban ideas innovadoras con promesas de futuro.

Santos parecía estar esperándole y lo recibió con cara de entierro. Le sirvió una limonada y se puso a preparar café.

-Ya me llegaron los rumores de lo sucedido anoche. Uno de mis muchachos me lo contó esta mañana. Pensé, deseé, que nos dejaran en paz. Me preocupa la hacienda y también mi madre, cuando se entere que el Cojo volvió.

-Don Justo pasó por la casa esta mañana. Estaba hecho trizas, tuvo el infortunio de presenciar el altercado en la bodega de Casimiro. Además, me dijo que anoche saquearon la farmacia de Rosalinda. No se sabe por dónde anda el Cojo y su tropa, pero están envalentonados y podemos presumir que pronto asomarán sus narices por aquí. Le pedí al cura que quería reunirme con él y con Avelino esta tarde para trazar alguna estrategia.

- ¿Quieres que yo vaya?

-No, pasa por la casa a la hora de cenar y te contaré. Es más importante que mantengas a tus muchachos controlados y, a la vez, que estés pendiente de las noticias que puedan traerte. Debemos saber con quiénes contamos. Además, quiero que vigiles muy de cerca a Teodosa, no vaya a cometer alguna locura. Nos veremos en aprietos si tenemos que defender tantos frentes.

El regreso a la hacienda lo hizo con el ánimo más tranquilo. Su instinto le decía que contaba con la lealtad de Santos. Entre ellos había hecho raíz una firme amistad y mutua confianza. A pesar de que ahora lo tuteara, las discusiones sobre ideas nuevas no transgredían el mando de Claudio y la última palabra que tenía en los asuntos de la hacienda. El acuerdo tácito de no tocar el tema político les facilitó la relación. Una mueca de disgusto le cruzó la cara; ahora no había manera de evitarlo. A pesar de la camaradería compartida en los meses que siguieron a la muerte de Dos Santos, no había estado seguro de la posición que asumiría ante esta nueva situación. Pero Santos había dejado claro que estaba con él y que solo le preocupaba la hacienda y su madre. Estaba por verse, si los jóvenes que había incorporado al trabajo de campo, se quedaban o se iban.

Mucho o nada pasaría el día de hoy. ¿Cómo preverlo? Su entrenamiento de empresario lo tenía acostumbrado a evaluar, con óptima posibilidad de acertar, cada uno de los escenarios que podía surgir en cualquier reunión importante. Pero, ante la "batalla" que se aproximaba, iba a tientas; en estas tierras las cosas parecían resolverse a ramalazos de intuición.

Claudio se consideraba un lugareño todavía "a medio cocinar"; al menos ya podía cabalgar y pensar a la vez. Había dejado de intimidarle la fuerza de su montura y dejó las riendas sueltas para que su caballo buscará el camino a casa. En las caballerizas, Chispa lo esperaba pacientemente y él agradeció este afecto incondicional. "Vayamos un rato al río, Chispa, que necesito calmar el ruido en mi cabeza."

Felicia lo había visto llegar desde la ventana de su habitación, pero sabía cuándo dejarlo solo. Sin embargo, ella necesita sentirlo cerca, pues tenía el corazón encogido de miedo. Ha empujado un sillón hacia la ventana. Las guacharacas en su estridente parloteo, se muestran indiferentes al quehacer humano; a lo lejos distingue a Claudio, apoyado en el árbol frente al río, con Chispa a su lado. Ella quiere pensar que hoy es un día como cualquier otro, que nada ha cambiado.

Escucha a su madre bajar las escaleras y llamar a Teodosa. Tuvo que contarle lo ocurrido, pues Rosalinda se empeñaba en ir al pueblo. Estuvo un rato sin decir palabra y luego se dio media vuelta, regresó a su habitación y cerró la puerta. Felicia había asumido el rol de señora de la casa con su natural sencillez y franqueza; no así Rosalinda a quien le costaba ver, en el heredero de Augusto Blanco, a su yerno. Y él había dado instrucciones de que nadie saliera de la hacienda.

Al rato, al entrar en la cocina ve a Rosalinda preparando el almuerzo, "¿Y eso que estás cocinando, mamá? ¿Dónde está Teodosa?"

-No lo sé, hija. Desde esta mañana está desaparecida. Ayúdame a poner la mesa, querida, que tu marido regresará pronto y debemos tener listo el almuerzo.

-Claudio, mamá... se llama Claudio. Te guste o no es tu yerno y el padre de tu futuro nieto, mejor te vas acostumbrando a llamarlo por su nombre.

-No me malentiendas, es que aún me siento un poco incómoda con él. Estoy más tranquila comiendo con Teodosa en la cocina.

-Pues hoy no está Teodosa, mamá. Así es que comerás con nosotros en el comedor.

Teodosa estaba sentada en el corredor de su casa a la espera de que Dos Santos le enviara una señal de cómo proceder. El relato del cura le confirmó que había llegado el momento, temido y deseado a la vez, de decidir si deja que el Señor se ocupe del Cojo Régulo, o si ella toma la justicia en sus manos, porque estaba, más que claro, que Alcides no movería un dedo.

Mientras las gallinas se peleaban los granos de maíz que ella les va tirando con una mano, la otra soba una y otra vez el asiento vacío a su lado. ¡De qué manera la había comprendido y acompañado su viejo! Su compartir sentados aquí, mientras esperaban el anuncio de la noche, la mayoría de las veces había resultado en un monólogo. Teodosa hablaba, hacía preguntas, se respondía ella misma, mientras él asentía con la cabeza o soltaba una que otra palabra de advertencia ante el carácter impetuoso de su mujer, pero la escuchaba y ahora ella debía confiar en que seguía escuchándola desde otra dimensión. "¿Santos, dime, si lo que busco es justicia o venganza?"

Teodosa no dejaba de pensar en las terribles palabras de María Belén, "sangre y dolor, sangre y dolor". ¿Sería ella la responsable de precipitar este presagio?

Claudio, Avelino y don Justo se reunieron en la hacienda a las cinco de la tarde. Cada uno tenía su manera particular de mostrar su inquietud; Claudio caminaba la habitación, el cura se sobaba la calva y en su alteración se hacían más frecuentes las frases en latín; Avelino mantenía su costumbre de empujar hacia atrás la silla hasta que solo se apoyaba en las patas traseras. Ninguno tenía noticias sobre las andanzas del Cojo y su grupo. El cura informó que habían tomado posesión de la farmacia, pero que salían por la mañana y no regresaban hasta la noche.

-No han aparecido por la bodega de Casimiro y me parece que este finalmente ha encontrado algún beneficio a los presagios de su hermana. No creo que el Cojo quiera arriesgarse a un nuevo encuentro con María Belén.

Avelino aportó las únicas noticias que tenía, "Sé que andan por ahí; me han llegado historias de nuevas invasiones. Me dicen que los hacendados evitan la confrontación, no se oye ni un disparo, pues el grupo del Cojo llega acompañado de soldados armados. Basta la amenaza a sus familias para que se vean obligados a obedecer:" Tienen hasta pasado mañana para recoger sus efectos personales y abandonar la hacienda. Así de fácil te arrancan de tu casa. De un plumazo te separan de tus raíces y quedas en la calle. No tardarán en aparecer por aquí".

Claudio les contó de su reunión con Santos. "Está de nuestro lado y veremos si los nuevos muchachos hacen frente común o se van. Son trabajadores y aceptaron de buena gana la norma de no mezclar la política con el trabajo, pero el miedo es libre. Acordamos que los reuniría al finalizar la jornada y pasaré por la casa de Teodosa esta noche para saber el resultado. Me parece que no nos queda otra que esperar a ver qué pasa. Nos hemos blindado en lo posible y aunque seamos pocos, ellos tampoco son un ejército, son desordenados y hasta ahora han actuado sin encontrar resistencia. Quizás la pelea les dé flojera y sigan camino hacia otros espacios más vulnerables."

Al finalizar cada jornada, los jóvenes que Santos había incorporado al trabajo de campo regresaban a dejar sus herramientas, cambiarse de ropa e informar sobre la labor realizada. Aprovechaban para conversar en un ambiente distendido alrededor de una limonada fría y un cafecito que Santos siempre tenía listos. Ninguno había puesto objeción a la norma de no hablar de política. Sumaban quince en total, algunos eran amigos de infancia y otros venían de más lejos y se habían instalado en el pueblo al saber que Tres Ríos necesitaba trabajadores fijos. Cinco habían pertenecido con Santos al grupo inicial del Cojo Régulo.

A pesar de haber realizado su jornada de trabajo como cualquier otro día, Santos notó el nerviosismo del grupo. Muy a su pesar, ahora no quedaba más remedio que tocar el tema político.

-Muchachos, hoy tenemos que hacer una excepción y hablar del tema político. Sabemos que el Cojo ha regresado con un grupo de seguidores y que han hecho desastres en el pueblo. No sabemos qué va a pasar ni cuándo, pero ha llegado el momento de preguntarles qué piensan al respecto y cuál será la posición que cada uno asumirá. Estos últimos meses hemos trabajado duro, en paz y haciendo buen dinero para llevar una vida digna y con un futuro estable para nuestras familias. El patrón y yo estamos satisfechos con su trabajo y esperamos poder continuar así. Sin embargo, les dejo la palabra y les pido que me hablen con toda sinceridad.

Hubo un murmullo general hasta que uno preguntó, "¿Y qué implica esto para nosotros? ¿Nos estás pidiendo que nos definamos por un bando o el otro?"

-De ninguna manera, José Manuel. Cada quien es libre de pensar como quiera. Como en un pueblo pequeño nada es secreto, saben que formé parte del grupo inicial del Cojo, hasta que me di cuenta, a raíz del asesinato de mi hermano, que la violencia no es, ni será nunca, mi camino de vida. No les pido que se manifiesten a favor o en contra de la revolución que predica el gobierno y, mucho menos, quiero hablar de bandos. Aquí, a pesar de que puedan existir diferencias entre nosotros, esto no nos ha impedido trabajar bien y en equipo.

No se trata de tomar armas o de hacer declaraciones de ningún tipo. Pero sí, debo saber con quién cuento para continuar con el trabajo, tal como lo hemos venido haciendo. Tienen plena libertad de tomar la decisión que mejor les parezca. Sé que para quienes se queden, la situación no será fácil y si alguno siente la necesidad de hablarme del tema, le pido que lo hagamos fuera de las horas y lugar de trabajo. Estaré siempre dispuesto a escucharlos.

De los quince, cuatro dijeron que se retiraban hasta que aclarara el ambiente; pues temían las represalias con sus familias. Santos se contentó con que once decidieran quedarse... al menos por el momento.

Pasaron varios días sin que el Cojo diera señales de vida. Iban y venían del pueblo. Según don Justo, parecía un pueblo fantasma: "La gente sale a la calle para hacer las compras indispensables o salir a trabajar. Luego se recluyen en sus casas. No quieren saber del tema; temen ser emplazados por el Cojo a unirse a su grupo; temen por sus familias y las represalias que pueda poner en marcha, en caso de negarse".

Santos salía a trabajar en el campo con los once trabajadores restantes. En las reuniones con Claudio, que ahora hacían a diario, mostraba su inquietud por Teodosa: "Está demasiado callada. Se niega a hablar, pero veo en sus ojos la lucha endemoniada que mantiene con sus sentimientos encontrados. Le he advertido que no se mezcle en esta situación, pero supe que le pidió a uno de los muchachos que la llevara al pueblo. Alcides vino a verme a pedir que la mantuviera alejada del pueblo. Al parecer le dijo que era hora que detuviera al Cojo, pero que no quería saber más del tema y que la responsabilidad de hacer justicia la dejaba en sus manos".

Felicia también andaba de capa caída. Se abrazaba a Claudio con frecuencia. Estaba en su octavo mes de embarazo y había dejado el manejo de la casa en manos de Rosalinda. A veces lo acompañaba al río o le pedía que se sentara junto a ella en el sofá de la sala a escuchar música con la esperanza de ahuyentar las oscuras imágenes que se inmiscuían en su vida. Había esperado pacientemente su turno de ser feliz, de tener familia propia y disfrutarla... y ahora temía que se lo arrebataran. Él intentaba animarla. Le hablaba del bebé, de Mariángel, de las travesuras de Chispa y ella asentía con aire ausente. Claudio no le hablaba del Cojo y sus andanzas para no preocuparla y ella no pedía explicaciones.

-Claudio, mi madre quiere ir al pueblo para recoger alguna ropa y para darle una vuelta a su casa. ¿Te parece que le pida a Santos que la lleve?

-No, prefiero que Santos vaya por el pueblo lo menos posible en estos días. La llevaré yo y así me aseguro que no se le ocurra querer pasar por la farmacia. Avísale que iremos esta tarde.

Cuando Rosalinda y Claudio llegaron al pueblo eran apenas las cinco de la tarde. En las calles no había un alma. Él le pidió que reuniera lo necesario con prisa, mientras pasaba por la bodega de Casimiro.

El viejo lo miró asombrado. No veía a Claudio desde la misa en Tumeremo, hacía ya muchos meses. En la bodega solo estaban él y María Belén.

-Caramba, don Claudio, ¿y esa sorpresa de verlo por aquí? ¿Qué se le ofrece?

-Si me acompañas, me tomaría una cervecita, mientras espero que Rosalinda termine de empacar algo de ropa. Ya sabes que vive en la hacienda ahora que Felicia está próxima a dar a luz.

-Y mejor que así sea, Jefe, no vaya a ser que se meta en líos al ver el horror en que han convertido su farmacia. Estoy viejo, demasiado viejo, y pensé que al fin podría vivir mis últimos días en paz. Pero, ya ve, ahora no me alejo del rifle, por si el Cojo decide volver, aunque mi hermana ha logrado aterrarlo con sus visiones de "sangre y dolor". Nunca creí que agradecería al cielo este don tan escabroso, pero el hecho es que no ha vuelto a pisar mi bodega.

A quien sí vi, fue a Teodosa. Cruzó la plaza, camino a la Prefectura. Cuidado, Jefe, nos va a complicar las cosas. Mantenga a la vieja con rienda corta, si me permite que le dé esta sugerencia.

-Hago lo posible, Casimiro, pero a veces se desaparece de la hacienda y tengo demasiadas preocupaciones en la cabeza, para ir corriendo tras ella. Si la vuelves a ver, te agradezco que se lo cuentes a don Justo; él me hará llegar el mensaje.

Claudio se terminó la cerveza y se despidió de Casimiro con un "cuídate viejo, si necesitas algo o ves que corren peligro, se van para Tres Ríos". Cuando se volteó a saludar a María Belén, esta lo miró susurrando algo que no pudo escuchar y le dio la espalda. «¡Qué ser tan extraño! ¡En verdad que es para pararle los pelos de punto a cualquiera!». Rosalinda lo esperaba con dos maletas y una jaula con dos periquitos que revoloteaban sin cesar.

Y menos mal que ninguno se dilató más de la cuenta. Emprendieron camino a la hacienda sin saber que el Cojo había decidido regresar más temprano que de costumbre. Se lo hubieran encontrado de frente...

Alcides estaba listo para irse a casa cuando el Cojo entró a la

Prefectura tirando la puerta. Se miraron de hito en hito.

- ¿Qué vienes a hacer aquí, Régulo?

-Vengo a decirte que le pongas freno a esa vieja entrometida. Me dijeron que estuvo a verte ayer. Y mejor que te cuides, Alcides, que tengo amigos poderosos.

-No me vengas con amenazas, Régulo, que me tientas a ponerte preso de una vez por todas. Lo mejor que puedes hacer es irte a echar vaina en otro pueblo.

-Cuando esté listo y no antes, Alcides. Y recuerda lo que te dije.

Con esto salió dando otro portazo. Alcides se pasó un pañuelo por la cara; un escalofrío le recorrió el cuerpo. «Esto se va a poner feo, muy feo».

El Cojo decidió tomar el asunto en sus manos. Por ahora se convenció de que Alcides no intentaría detenerlo, pero ¿y si cambiaba de parecer? Doblando el papel por la mitad, se lo entregó a uno de sus muchachos: "Hazle llegar este mensajito a ese cobarde traidor de Santos. Es hora de terminar con esto".

Claudio vio llegar a Santos, la cara contraída en una mueca de ira. Sin decir palabra, le enseñó el mensaje del Cojo: "Si no le paras el trote a la bruja de tu madre, se entenderá conmigo".

-Pienso ir al pueblo. Es hora de enfrentarlo de una vez.

-Sé que no puedo impedírtelo. Esto se ha convertido en un asunto personal, que va más allá de los intereses de la hacienda. Pero de ninguna manera irás solo. Subo a decirle a Felicia que vamos al pueblo, no debe saber a qué vamos. Sírvenos un trago que buena falta nos hará.

- ¿Vas armado? Le preguntó Santos alarmado.

-No pienso usarla, pero ese infeliz debe entender que vamos en serio.

- ¿Y sabes usarla?

-Lo suficiente para asustar.

El camino al pueblo lo hicieron en silencio. Una gota cayó en el parabrisas, luego otra, y otra más. Subieron las ventanas justo a tiempo; el chaparrón no se hizo esperar. El calor era sofocante y el aguacero tan cerrado que era imposible esquivar los huecos en la carretera. A Claudio le sudaban las manos. Siempre le pasaba, cuando sentía aprehensión ante una negociación complicada. En esos momentos, evitaba dar la mano no fuera a ser que su interlocutor descubriera su debilidad. Pero este encuentro no se dará en un salón de conferencias, sino en una farmacia destruida, convertida en la guarida de un malnacido. Cerró los ojos y trató de calmarse.

Si fuera supersticioso, pensaría que el cielo ennegrecido y la furia de la lluvia no eran buen presagio. Miró a Santos concentrado en el camino; sujetaba el volante con una fuerza innecesaria. Qué diferentes eran, en físico, en crianza y en experiencias de vida; y, sin embargo, lo sentía su hermano.

Santos se debatía entre la tristeza, la rabia y la esperanza. Circulaban libres y alocadas por su cuerpo, cada emoción buscando anular las otras. En menos de un año su vida había tomado el camino del trabajo honesto y se ganó una amistad que, todavía hoy, le sorprendía. Habían llegado a depender el uno del otro y una joven alegría marcaba los planes, que iban diseñando para la hacienda.

Además, había hecho las paces con Teodosa y acompañado a su padre en su proceso de muerte.

Podía haber objetado el ofrecimiento de Claudio por acompañarlo, pero el necesitado tiene algo de egoísmo y él no deseaba ir solo al encuentro con el Cojo. No sentía temor ante un nuevo llamado a incorporarse a sus filas. Esto lo consideraba un capítulo cerrado. Había puesto sus ideales y esperanzas de un mejor futuro en algo que solo parecía traer violencia, en la necesidad de escoger "bandos" y él prefería la vía de la conciliación y la hermandad. Lo que temía era no poder controlar su ira. Al ver el revólver que Claudio sujetaba, se preguntó cuál de los dos sería el que asumiría una posición comedida.

Cruzaron la plaza caminando fuerte, mientras los charcos rebosantes de lluvia salpicaban de barro botas y pantalones. Dos hombres observaban el espectáculo con preocupación. Casimiro, asomado a la puerta de su bodega, le dijo a su hermana: "Se va a armar una gorda". Esta solo repitió, a voz baja, su letanía de "sangre y dolor". Alcides frunció el ceño, se debatía entre ir a poner orden o dejar que las cosas siguieran su rumbo. Optó por esto último.

-Será mejor que no entres con el revólver en la mano, ¿no crees?

Las risotadas que salían de la farmacia le hicieron pensar a Santos que el Cojo y su grupo ya estaban ebrios, «mal asunto» pensó. Al franquear la puerta, lo primero que vieron fue una caja de cervezas vacía y otra por la mitad. Régulo estaba sentado en medio del grupo, bebiendo ron a pico de botella. Las luces de neón, frías y azuladas, acentuaban la dureza de unos rostros acostumbrados a ver el mundo con el cinismo de quienes se creen dueños de la verdad, por las buenas o por las malas.

El grupo soltó la carcajada al ver el aspecto de los dos recién llegados, empapados y llenos de lodo. El Cojo con un gesto violento de la mano, los calló.

-Esto es un asunto serio, ¿verdad Santos? Ya veo que vienes acompañado de tu patrón, o más bien de tu amo. ¡Qué grande te quedó la camisa de la Revolución!

Claudio se adelantó para contestar, pero Santos lo detuvo. Su mirada le dijo que no se metiera. Esta pelea era entre dos... hasta que uno diera su brazo a torcer.

-Es el pueblo el que te queda grande, Régulo. No te quieren aquí. Déjanos en paz y vete con tus secuaces a fastidiar a otros.

-Estás muy envalentonado, muchacho, pero te repito lo que le dije a Alcides: me iré cuando quiera y no antes. Mi amenaza sigue en pie. ¿Le dijiste a esa vieja metiche que no siga buscando lo que no se le perdió?

Lo que pasó después fueron unas acciones que desencadenaron otras. El Cojo se acercó con gesto amenazante, su grupo rodeó a Santos y Claudio disparó un tiro al aire con la intención de asustarlos. El Cojo sacó un revólver apuntándolo a Santos y Claudio le disparó en pleno pecho. El que llamaban "Pluma" por su tamaño descomunal, cogió el arma del Cojo y le disparó a Claudio.

Alcides y Casimiro salieron corriendo al escuchar el primer tiro. "Busca tu equipo de primeros auxilios. Puede haber heridos".

Alcides entró en un espacio, donde todos parecían congelados. El Cojo estaba tirado en el suelo, muerto. Santos acunaba la cabeza de Claudio, mientras aplicaba su camisa a la herida, intentando parar el flujo de sangre que se esparcía rápidamente por el suelo.

Llegó Casimiro y se arrodilló al lado de Claudio: "¡Santos, suéltalo y déjame ver!" A este le corrían las lágrimas y solo repetía, "otra vez no, otra vez no."

-La bala pasó, pero debemos contener la sangre. El hospital está cerrado desde hace tiempo y sin medicinas. Veamos si queda algo aquí que pueda evitar la infección y calmar el dolor. Santos, debemos llevarlo de vuelta a la hacienda. Alcides se encargará del resto.

Un cielo despejado hacía contraste con el oscuro ánimo de los tres pasajeros. Cuando Santos entró cargando a un Claudio inconsciente, Felicia, Teodosa, Rosalinda y don Justo estaban esperándoles. El cura, apenas oyó el escándalo, se había dirigido a la hacienda. Parado en una esquina del salón, ya había rezado dos rosarios. Dicen que los perros tienen un instinto especial, que les advierte cuando su amo está en peligro y Chispa, inquieta, daba vueltas, mucho antes de que llegaran con el herido. Casimiro las tranquilizó, "Va a estar bien, pero ahora debemos subirlo a su habitación para que pueda limpiarle la herida. "¡Gracias a Dios la bala entró y salió! Sino, mis pocos conocimientos médicos no hubieran servido de mucho. Si evitamos la infección se recuperará."

Abajo, Rosalinda, el cura y Teodosa esperaban a que Santos les contara lo ocurrido. Felicia había encontrado la nota con el mensaje del Cojo. Ella pensaba que esto era asunto de Santos y que Claudio no tenía que haber ido. Las palabras de María Belén repicaban en la cabeza de Teodosa, y temió por la vida de Santos. El cura meditaba sobre la capacidad de maldad del ser humano y repetía sin cesar, *quid nunc, quid nunc.*

Santos hizo su relato en voz queda y monótona. El Cojo estaba muerto y se había hecho justicia, pero a qué precio... Teodosa supo que estas palabras estaban dirigidas a ella.

-Es verdad que fui al pueblo y hablé con Alcides, pero esta vez le dije que dejaba el asunto en sus manos, que no quería ver correr más sangre. Es lo que mi viejo me dijo que debía hacer; por una vez le hice caso.

-Pues ya no tendremos que preocuparnos por el Cojo y supongo que Alcides habrá detenido a los demás, ya hablaré con él. No sé si ahora, finalmente, nos dejarán en paz. Te acompaño a casa, mamá, y regresaré para llevar a Casimiro y a don Justo de vuelta al pueblo. Mañana hay trabajo como siempre y mi equipo querrá explicaciones de lo que pasó.

DESPUÉS DE LA TORMENTA

Pasó un mes del desgraciado evento y la atención de los habitantes de Tres Ríos dio el giro, que toda experiencia de violencia parece exigir de sus protagonistas. Las miradas se volcaron hacia adentro. En el país se profundizaba cada vez más la crisis. Todos los ámbitos del quehacer venezolano estaban tocados y contaminados por ella, pero la reflexión se imponía y la búsqueda de respuestas a tantas preguntas, solo podía darse en la intimidad de cada corazón, haciendo un paréntesis de distancia con lo externo.

Claudio luchaba con su conciencia y Felicia se enfocó en él y en su avanzado estado de gravidez, mientras tanto, Teodosa se hundía cada vez más en la tristeza, y Santos respondía con su mejor esfuerzo al duro trabajo de campo. El proceso de recuperación de Claudio se hizo lento y complicado. Se le había infectado la herida y la fiebre persistía. Felicia le propuso hacerse ver en Caracas, pero él se negaba, no quería estar lejos de Tres Ríos, de su mujer y del hijo que pronto nacería. Ella llamó a Carlos Alberto Peña y le pidió que le enviara un médico de su confianza. Lo veía cada vez más débil y sus ojos, apagados y tristones, no lograban consolarla. El médico le dijo que, efectivamente, la infección había hecho estragos en su organismo, pero creía que, con los cuidados que le prescribía, podría recuperarse. Acordaron contactar por teléfono una vez por semana.

Ella empezaba su noveno mes de embarazo y sentía que la casa se le venía encima. Teodosa lloraba constantemente. Su madre iba y venía del pueblo tratando de poner algo de orden en la farmacia, sin que ella pudiera ayudarla. Santos pasaba cada noche a ver al enfermo, pero se le veía agotado, pues la producción de leche y queso no se podía interrumpir y los hombres que habían decidido permanecer no eran suficientes. Don Justo llegaba por las mañanas, rezaba un rosario al lado de Claudio y seguía su camino; su labor de correo por los momentos suspendida, pues la amenaza que representaba el Cojo se había terminado. El grupo del muerto no era del pueblo y Alcides los envió a Puerto Ordaz, para que regresaran de donde habían venido, pues él no los quería en su cárcel. Casimiro y Avelino también pasaban a diario. El pueblo había recuperado una paz a medias, aun conmovido por los violentos sucesos.

Felicia no dejaba su lado, le acariciaba las manos y la cara, mientras hablaba de mil cosas, de proyectos futuros, del hijo por nacer. Como otrora lo hiciera el abuelo, le contaba historias, mitos y leyendas de los baqueanos, que habían hecho grande esa tierra que él conocía poco y por la que, sin embargo, había dejado todo. Pese a todo, en los momentos en que él descansaba, ella rondaba la casa como alma en pena. Se entretenía seleccionando fotografías de su viaje a Europa y de su boda. Comenzaría un nuevo álbum, que sería el de ellos. Quedarían para la historia aquellos que Augusto Blanco preparaba con tanto esmero, hasta que llegó la tragedia que dio por concluido el registro familiar.

Semanalmente, Felicia hablaba con el médico que lo atendía. Estaba preocupada por la lenta recuperación de Claudio. Presentía que esto no se debía solo a la prolongada infección que no parecía querer abandonarlo, sino que algo le carcomía el ánimo. Sabía que sufría y no atinaba a entenderlo.

-No sé qué decirte, Felicia. Como médico no puedo aportar más... a veces hay destinos complicados y la ciencia es incapaz de comprender los males del alma.

Por primera vez, Felicia se preguntó si era demasiado pedir que pudieran envejecer juntos.

Aunque poco a poco Claudio fue dejando la cama y su cuerpo seguía su lento proceso de recuperación, se había instalado en él una melancolía que no lograba sacudirse. La imagen del Cojo, muerto de su mano, empañaba la alegría por su nueva familia. ¿Cómo era posible que la oscuridad de un ser humano lo convirtiera a él en justiciero? No creía en la violencia y, sin embargo, esta extiende sus garras y se hace con las almas de los hombres. Había matado. ¿El instinto de sobrevivencia lo justificaba? ¿O más bien lo había degradado en su condición de hombre recto y civilizado? A veces, todavía creía sentir el revólver en su mano, un peso tan muerto como el que yacía en el suelo cubierto de sangre.

De noche, su consuelo era escuchar el suave respirar de Felicia. Su vientre seguía el ritmo de su respiración, suave y acompasada. Más allá, a los pies de la cama, la fiel Chispa parecía dormir. Al más ligero movimiento de Claudio, levantaba la gran cabeza color chocolate y lo miraba con unos ojos que parecían decirle: "Aquí estoy, dime qué necesitas".

Los tres comenzaron a pasar un rato al lado del río, a veces acompañado por alguna visita, otras, solos. Felicia quiso pensar que lo peor había pasado, aunque por momentos él hablaba de una hacienda sin él. Y, sin embargo, a veces recuperaba la sonrisa y el brillo de sus ojos al hablar del hijo, que pronto ocuparía su lugar en la saga de los Blanco de Tres Ríos. Parecía haber encontrado algo de paz y ahuyentado los demonios, que lo habían mantenido al borde de la muerte por más días de los que ella quería recordar. Hasta que un día, le dijo que quería hablar con Santos y con Carlos Alberto Peña. Era hora de poner sus asuntos en orden.

Al día siguiente, cuando Santos pasó a verlo, le dijo que tenía algo importante que decirle. Felicia hizo el gesto de levantarse, pero Claudio le pidió que se quedara.

-Lo que le voy a decir a Santos te incumbe a ti también.

-Santos, pienso que es tiempo de que participes en la hacienda, más allá de dirigir las actividades del campo. ¿Qué te parece si te paso algunas acciones de la compañía? Así ustedes dos podrán decidir los destinos de Tres Ríos.

-Quieres decir los tres...

-Claro, nosotros tres.

-No sé qué decirte, Claudio. Esto no me lo esperaba. Te estoy muy agradecido.

-No tienes nada que agradecer. Has trabajado duro y te lo mereces. Además, te has hecho respetar. No es suficiente saber dar órdenes; la lealtad llega con el respeto, el compromiso y el coraje que demuestras como jefe. Dos Santos estaría muy orgulloso de ti, como lo estoy yo.

Por cierto, ¿cómo sigue Teodosa? Me parece que injustamente se echa la culpa de todo lo sucedido y sabemos que no es el caso. No siempre podemos controlar lo que nos pasa… o casi nunca.

-Está vieja y pegada a sus creencias y a su soledad. Por más que me duela verla así, también debo respetar su camino de vida. No la descuido; a veces nos sentamos a esperar el atardecer, ahí donde se sentaba con papá. Ella cuenta sus historias de otros tiempos y yo la escucho. Es lo único que necesita ahora.

-Sí, supongo que tarde o temprano a todos nos llega el momento en que el mirar hacia atrás invade el espacio que antes ocupaban nuestros sueños de futuro.

Santos se da cuenta del nerviosismo de Felicia. Las palabras que destilan fatalismo la ponen mal.

- ¿Qué tal si mañana nos encontramos en el río a merendar?

-Estupenda idea… Y ahora, si me permiten, debe estar por entrar la llamada de Carlos Alberto y luego la de JP. Con ambos, debo conversar algunos asuntos que me urgen.

El hombre que salió de la hacienda aquella tarde no era el mismo que había entrado una escasa hora antes a visitar a su amigo y patrón. Sus pies lo llevaron por un camino ya conocido. Su ceño fruncido contrastaba con su porte erguido y ligeramente inclinado hacia delante y a cada paso la tierra seca, que no había visto la lluvia desde aquella terrible noche en el pueblo, se levantaba y cubría con colores ocres las botas de Santos. Pensó que era la misma tierra agrietada, que había recibido la sangre de sus dos hermanos. Ambos fueron víctimas de la eterna codicia del hombre por el dinero y el poder.

Se sentó a cielo abierto sobre la margen del río, que siempre había considerado "la de los Fermín". Los Blanco tenían su trozo y ellos el suyo, al menos así lo había pensado... hasta hoy. Desde pequeño, vio a su padre y hermanos coger el camino del río. Teodosa no participaba en esas excursiones, pues era mujer pragmática y de faena, y hasta hace muy poco, más de acción que de reflexión. Ella se hizo con esta tierra, porque aquí se casó y tuvo a sus hijos, y logró reunir, a su manera, sus creencias y costumbres colombianas con las guayanesas. Dos Santos fue el verdadero lugareño. Recuerda con emoción las palabras que le dijo minutos antes de su muerte: "Te bendigo y agradezco al Señor haberte guiado por el buen camino. Estoy orgulloso de ti". Santos se miró las manos. Eran distintas a las de su padre y, sin embargo, ambas tenían las palmas callosas del trabajo de campo.

A lo lejos, se veía la casona de la hacienda y más allá la pequeña casa de sus padres, donde él había nacido y crecido. El ofrecimiento de Claudio de pasar a su nombre acciones de la empresa Tres Ríos lo había tomado por sorpresa. Le costaba pensar que sería, con mucho o poco, codueño de una tierra que había visto el sudor de los suyos desde "la ribera de los Fermín".

Levantó la mirada y se vio pequeño ante los designios de un destino que trató de comprender y asimilar. La nota discordante en todo esto eran las frecuentes expresiones fatalistas de Claudio. En fin, una de cal y otra de arena. Prefirió mover su atención de la interpretación usual de "bueno y malo" que se le da a la frase y enfocarse en que simplemente eran elementos diferentes que podían convivir en un mismo espacio. Como ellos dos.

La tarde empezaba a caer y el cielo jugaba con tonos dorados y rosados. Se entremezclaban y seguirían en su danza hasta desaparecer del todo, hasta que en su lugar la noche guayanesa reclamase su espacio.

Él miró a su alrededor. A esta hora de la tarde el horizonte parecía lejano e impreciso. ¡Qué vasta era esta tierra! Y tan abrupta en sus cambios de color como él mismo lo había sido en sus cambios de humor y de camino. Tal como el suyo, que le resultaba caprichoso y empeñado en mantenerse ajeno a todo diseño preconcebido por él.

Se sentó y observó el choque del agua contra las rocas. Sabiamente, buscaba la vía de menor resistencia, rodeándolas para seguir imperturbable su camino. Se acostó de espaldas y con los brazos cruzados debajo de la cabeza, le pareció que el cielo le hablaba de tiempos lejanos, de comidas familiares, primero en la cocina de la hacienda y, después, en el pequeño comedor de la casa, que el patrón les había regalado.

Luego, tal como sucede al despertar abruptamente de un sueño, la escena de felicidad familiar se fragmentó y fue sustituida por otras menos felices. La mala racha de los Blanco se extendió inexorable a la familia Fermín. Ahora cabalgaban a toda prisa las imágenes: la ida de Teodosa a Caracas que él tomó como un abandono; la muerte violenta de Tomás; el compromiso con la Causa y su estrepitosa decepción luego del asesinato de Juan Pablo; la enfermedad y agonía de su padre... Y ahora el destino daba otro giro de timón y sin más, lo asimilaba al bando de los jefes; él también sería patrón.

La mirada de Felicia cuando Claudio le informó que le pasaría algunas acciones de la empresa Tres Ríos poco o nada tenía que ver con la hacienda, ni con la decisión de su marido. En sus ojos asomaba la tristeza y la preocupación por las señales inconfundibles del que "cede el paso", del que "entrega la guardia". Santos hubiese querido abrazarla... Recuerda, con cierta incomodidad, el deseo fugaz, que sintió por esta mujer a su regreso de Caracas, ya embarazada de Mariángel. Nunca se atrevió a hablarle de sus sentimientos, pues le pareció lejana y con una vida de ciudad desconocida para él. Así estuvo meses, espiándola desde lejos, obsesionado, hasta que finalmente su cuerpo de hombre joven y sano buscó consuelo en la pizpireta figura de Rosario, la hija de Francisco y Nieves. Todo iba bien entre ellos y Santos se veía formando familia, hasta que llegó la revolución y cambió las reglas del juego para todos. Francisco trabajaba en una de las grandes empresas de Puerto Ordaz y al ser expropiada por el gobierno, decidió regresar a Los Andes con su familia. En aquel momento, Santos no tenía futuro que ofrecer y tuvo que dejarla ir sin más.

Añoranzas, sueños inconclusos, choque de sentimientos... Al final, levantó los brazos al cielo y en una oración silenciosa, le entregó al universo este destino suyo tan peculiar.

Esa noche, Claudio hizo las paces con el sueño recurrente que durante años lo había acechado y que por fin se dejó ver. Entreabrió los ojos y en la quietud de esas horas que presagian el amanecer, repasó con absoluta precisión las imágenes que durante tantos años lo habían eludido. Se encontró de pie en medio de un vasto paisaje, cuyos límites se extendían según fuera la dirección en la que él se movía. A su espalda, la enorme puerta de entrada de la hacienda estaba cerrada y en el corredor se encontraba el abuelo sentado en su mecedora, a sus pies el viejo sombrero y el bastón con cabeza de colibrí. El único sonido era el monótono crujir de la madera con cada ida y venida de la silla impulsada por su dueño. Sintió su presencia con absoluta claridad, al igual que la presencia de otros personajes, pero al volverse todos desaparecieron y solo quedó la puerta. De nuevo se volteó, un solitario farol iluminaba una calle que él conocía bien, alumbraba un único edificio que en el tercer piso mostraba una tenue luz parpadeante. Y en el medio de estos dos escenarios se encontraba él, buscando mantener su equilibrio sobre un terreno que ondulaba y se movía bajo sus pies.

Caminó hacia la puerta de la hacienda que ahora se mostraba abierta, invitándolo a pasar. Sintió que detrás de él se diluía gradualmente la otra imagen. El farol se apagó, así como la luz que salía del que reconoció como su apartamento en Boston. Entró en la casona y sintió sobre los hombros el peso de sus dudas, miedos, ambiciones, de tantas preguntas sin respuesta... Retrocedió en el tiempo y el niño de quince años se encontró en el gran salón de Augusto Blanco, abarrotado de muebles y libros. Mientras, el concierto de cuerdas No. 15 de Mozart acompañaba al abuelo sentado ante su escritorio, inmerso en los muchos documentos que cubrían la madera pulida y gastada. Claudio se sentó en el suelo en medio del salón y cerró los ojos, al abrirlos había retrocedido al niño de nueve años y ante él las figuras de sus padres aparecían y desaparecían. La música cesó y se hizo el silencio en la habitación vacía de cualquier figura humana. Como en una toma a cámara lenta, los muebles, las paredes y el techo se desmoronaron y fueron a parar a un enorme saco de lona, que al cerrarse también desapareció. El niño miró a su alrededor, la brisa y la luz de la mañana se adueñaron del espacio y el techo que todo lo abarcaba era el de un cielo que había impuesto su color azul, desplazando la noche de oscuras tormentas que huía y se replegaba lejos de allí. El niño cerró los ojos y no hizo más preguntas, porque conocía de antemano las respuestas.

La luz de la mañana lo despertó y Claudio se levantó y fue hacia la ventana. Abajo se oían los ruidos de un desayuno en preparación, pero su mirada estaba enfocada en un horizonte lejano y despejado. Al voltearse, vio a Felicia aún dormida. Estuvo largo rato observándola y al despertar, ella se encontró con los ojos bicolor que tanto amaba. Estiró sus brazos en silencio para invitarlo a compartir el abrazo acostumbrado. Era su manera de darse los buenos días.

A media mañana, Felicia entró con un sobre que le enviaba su abogado desde Caracas, Después de revisarlo se lo pasó a ella.

- ¿Qué es todo esto, Claudio?

-El primer documento ya no tiene importancia. Lo pedí hace muchos meses, antes de que lo nuestro tomara vuelo. Una vez aceptada la responsabilidad del legado de mi abuelo, de sacar adelante y defender la hacienda, sentí la necesidad de prever su continuidad en el caso de mi muerte. Y, ¿a quién podía dejarle todo esto? Dos Santos y Teodosa eran dos viejos y yo no tenía mujer ni hijos. Antes de que se lo quedara todo el fisco, la única candidata eras tú. Además de la hacienda y sus tierras, también están las acciones que tengo en lo que queda de las empresas venezolanas y en la de los Estados Unidos. Ahora todo ha cambiado, eres una Blanco con todos los derechos y con un heredero por nacer, de manera que este documento ya lo podemos romper.

El segundo documento es la legalización de las acciones de Tres Ríos, que propongo pasar a nombre de Santos, si estás de acuerdo con sus términos.

Felicia tardó un buen rato en contestar. Tenía el corazón encogido y un nudo en la garganta. Instintivamente abrazó su vientre.

-No tienes nada que consultarme. Estaré siempre de acuerdo con lo que tú decidas, pero te ruego no hablarme más de testamentos, ni de muertes.

El día pasó y llegó la tarde. Cogieron el camino del río; él le rodeaba el hombro con su brazo y ella le pasó el suyo por la cintura. Chispa rozaba la pierna de Claudio en su andar, asegurándose que ningún intruso se interpusiera entre los dos. Se sentaron a esperar a Santos que debía llegar con la merienda ofrecida.

Este los vio de lejos, llevaba una cesta en la mano y una sonrisa en la cara. «¿Será que al fin ha pasado la tormenta?» No podía oír lo que decían, pero sus perfiles le hablaron de intimidad, así que, en silencio, regresó a la casa.

-Ya falta poco, mi amor.

-Sí, falta poco...

La mano de Claudio rodó por el vientre de su mujer hasta caer sobre sus piernas. Las gruesas lágrimas de Felicia se tornaron flores blancas que fueron a parar al río. Los poderosos aullidos de Chispa continuaron hasta que el sol se puso sobre Tres Ríos.

ÍNDICE